放生

——利玉芳詩集

「含笑詩叢」總序／含笑含義

叢書策劃／李魁賢

含笑最美，起自內心的喜悅，形之於外，具有動人的感染力。蒙娜麗莎之美、之吸引人，在於含笑默默，蘊藉深情。

含笑最容易聯想到含笑花，幼時常住淡水鄉下，庭院有一欉含笑花，每天清晨花開，藏在葉間，不顯露，徐風吹來，幽香四播。祖母在打掃庭院時，會摘一兩朵，插在髮髻，整日香伴。

及長，偶讀禪宗著名公案，迦葉尊者拈花含笑，隱示彼此間心領神會，思意相通，啟人深思體會，何需言詮。

詩，不外如此這般！詩之美，在於矜持、含蓄，而不喜形於色。歡喜藏在內心，以靈氣散發，輻射透入讀者心裡，達成感性傳遞。

詩，也像含笑花，常隱藏在葉下，清晨播送香氣，引人探尋，芬芳何處。然而花含笑自在，不在乎誰在探尋，目的何在，真心假意，各隨自然，自適自如，無故意，無顧忌。

詩，亦深涵禪意，端在頓悟，不需說三道四，言在意中，意在象中，象在若隱若現的含笑之中。

含笑詩叢為台灣女詩人作品集匯，各具特色，而共通點在於其人其詩，含笑不喧，深情有意，款款動人。

　　【含笑詩叢】策劃與命名的含義區區在此，能獲詩人呼
應，特此含笑致意、致謝！同時感謝秀威識貨相挺，讓含笑花
詩香四溢！

2015.08.18

推薦序：靈命的放生

林鷺

　　黑格爾對於藝術直覺的美學，認為是一種充滿敏感的觀照。我想對於閱讀利玉芳作品的讀者，應該經常被她獨具風格的「敏感觀照」所觸動，而得以享受一種讀詩的淋漓樂趣。這次利玉芳在生命接受天啟，生活恣意悠遊的人生歷程當中，出版這本大致以「宗教」和「旅遊」為兩大主題，外加富含原生元素的「客語南方」全母語詩寫，內容區分成四個系列的詩集，我認為是她璀璨詩人生涯嶄新的一頁，頗為值得關注。

　　詩集系列一以〈文廟一角〉起始，對於孔廟非廟的寄語，以我個人的觀點，其實是利玉芳針對台灣普遍民間信仰的詮釋與反省，而宗教正是歷來她諸多被討論的作品當中，較少被注意到的區塊，距離她早期偶而詩寫民間俚俗信仰的過去，更有實質上的分界。我曾經預感利玉芳的詩作必將因為心靈生活的翻轉，進入另一個不一樣的層次，這本詩集的出版，或許可視為初步的應驗；我也必須說，利玉芳把宗教的浮面語言，轉化成有意味的詩的語言的表現，除了在這本詩集找得到足跡以外，日後讀者將會更加習慣結合了「形而上」與「形而下」的生活體驗，所傳達不一樣內涵的利玉芳。以此論點，姑且先從以下她對淡水歷史人物，具有象徵地位的馬偕醫生的詩寫，來

尋跡她有關宗教情懷的詩寫：

　　馬偕銅像守著大街
　　瞻望淡水
　　您究竟在等候誰人？

　　予我想起之前的夢
　　您揹著木槍，攜帶平埔壯丁
　　離開淡水，竄進叢林

　　您的頭盔被雞屎藤纏繞
　　發現宜蘭時
　　大聲榮耀主：尋著了葛瑪蘭
　　　　　　　──節錄自〈夢境猶新──遇見馬偕〉

　　這首詩的特色在於穿插台語的巧妙，旨在顯示利玉芳夢境中與馬偕語言上互動的貼切以外，最大的用意應該在給予這位決意在台灣落地生根，娶原住民為妻，披荊斬棘傳播信仰、奉獻愛心的加拿大傳教士，以一種積極融入台灣的彰顯與感佩。此外〈梅峰小徑〉一詩的旅遊所見，簡單一句「農夫種花也愛花／有一種叫做──伯利恆之星的花／是我所不知道的恩典」已間接透露利玉芳宗教信仰的端倪。遊覽水蜜桃之鄉的拉拉山，巧遇颱風，落石擋道回不了頭的遭遇的〈路搶通了〉進

一步披露詩人閱讀聖經，轉換在生活上的精彩。參觀奇美博物館寫的〈兩幅奇美油畫——聖經故事〉可視為這本詩集裡面，利玉芳對於宗教題材最直接詩寫的開端。

〈創作詩頁〉總共 30 首詩作的背景，有來自她兩次參加淡水福爾摩莎國際詩歌節的活動，有單獨與我同遊屏東霧台鄉原住民部落的回味，也有少部分屬於她客家背景的元素，以及追思故人的作品。

系列二命名為〈心靈曠野〉的 22 首作品當中，出現利玉芳比較明確的宗教領受並不意外。她回憶起「習慣了沒有電燈的六〇年代／基督宣教　把電影帶進暗夜／鄉村看見奇異的光明」所留下「那位穿著亞麻長袍／留著鬍渣的男主角／說著智慧的語言」——〈暗夜〉的耶穌形象，應該就是接受一定程度的信仰以後，所提起的回顧。以下這首具有神祕色彩的詩作，就頗引起我的好奇與興趣。詩是這樣寫的：

　　光已經來叩門

　　Surrender
　　這一句使我產生幻聽的清晨

　　有兩人
　　手握書卷
　　他們的額頭飽滿

　　啟示順服的早晨
　　心
　　尚存疑慮時
　　光已經來叩門

　　簡單的兩段文字，卻充滿神祕色彩。讀者的我認為，這信
仰的光確實已經敲開詩人的心門，所以〈撒好種子〉就出現有
詩人回憶父親生前，如何處理稻田裡有害的稗子與稻子的農事
經驗，來對應她閱讀聖經所得到的啟發。何況我們從這個系列
的最後兩首詩〈風中的好朋友〉和〈心囚〉確實看到詩人對於
看待人際關係觸礁時，是如何以一位基督徒所具足的正直與寬
容，來處理生活上的修為。
　　系列三比較特別的是，利玉芳以生活化的客語，來還原她
的成長背景與族群文化。我們從這24首母語的寫作，閱讀了
具有客家意趣的生活經驗，內容涵蓋人物、歷史、政治，以及
特有的客家民俗。我雖不懂客語，經由文字的揣摩，依悉捕捉
到利玉芳經由語言所帶動，屬於詩的美妙跳動。以下這首女詩
人從客家莊嫁到河洛家庭的詩，就讓我印象非常深刻：

掌紋

　　阿姆講
　　河霸手个妹仔

做得嫁人

自從嫁來細細个村莊
定定仔看手紋
像莊北个急水溪
又像故鄉个大河壩
晝晝暗暗汨汨仔流

事業線　順等河唇彎來彎去
愛情線　吹來鹹水草个味緒
生命線　連等阿姆个肚臍絆

　　利玉芳把她異地異族而居的人婦心理，以掌紋的事業線、
愛情線，與神聖的生命線終究還是無可取代地，必然連結著親
生母親臍帶的隱喻，來細膩她的女性心理特質，真是無比生動！
　　這個系列裡面出現不少利玉芳栩栩如生的人物素描，有些
對話的詩意跳動讓人佩服她的詩人質素，引得我不得不回溯她
在〈系列一〉所寫的：

完妹，畫像無痕

完妹，安靜地坐在畫像裡
天窗灑下流動的塵埃

光裡含著樹蘭花黃色的顆粒
像一束簪花插上她的髮髻

光線緩緩地挪移
黑色的大襟衫顯耀出莊重優雅
金戒指、銀手鐲在多皺紋的手腕閃亮
裙襬露出圓頭繡花鞋
完妹沒有纏足

完妹住在畫布裡
實心木的圓桌
鋪上白色雷絲巾
魚肉挪去。猜忌挪去。操勞挪去。幻聽挪去。
青瓷花瓶擺上
彩虹彎彎的扁擔將回憶擺上
親情的溫杯擺上
數朵薔薇話花語

完妹，靜坐黑白的畫布裡
她的眼睛
注視著我向左　向右移動的腳步
我不再試探她的愛
完妹，畫像無痕

　　這首詩如果另成母語版本，相信對於她的客家鄉親，讀來
將會格外具有母性象徵的意義。

　　利玉芳在這個系列的母語詩寫，也出現有〈恩雨〉、〈過
河壩〉和〈飽滿的聲音〉關於宗教信仰的題材，算是利玉芳母
語寫作的新樣貌。

　　系列四的〈旅行足跡〉共15首。8首是參加由國際詩人
李魁賢帶領五名台灣女詩人前進祕魯參加「第18屆柳葉黑野
櫻、巴耶霍及其土地國際會議暨詩歌節」的作品，7首是她個
人旅遊北歐的遊記。在這些作品裡，我們看到利玉芳對於異國
人物觀察的活潑視角，也讀到例如〈冰島鹽湖浴〉裡「抓一把
白色泥漿／這特調的面膜／是從地熱噴發的冰與火／人人塗抹
自己的臉」「白色的妳你　白色的我　白色的她他／彼此看過
來看過去／並不像台灣現代史所指證的那麼恐怖」的拋物線時
空處理，所產生的幽默感與詩的驚訝性。

　　這位稱自己體內流著「鹽分之血」的台灣南方女詩人，在
她的詩中加入宗教的靈命，卻能讓人讀到一個不受宗教束縛
的心靈；在歷史的詩寫上，並不偏廢她「硬頸精神」的價值
觀；在人文關懷的表現上，始終保持寬厚放生的姿態。利玉芳
的突出，在於她總是能夠掌握瞬間直覺的精準，與會景生情的
銳利，這正是她詩的魅力所在。

自序：放生

　　詩集《放生》象徵生活在這塊土地上自由的人民還必須有自主的能力，人類在不斷累積智慧的同時，有權利選擇出走被迷信約制的陷阱，我們生活的環境才得以受到保護。

　　《放生》一首詩作恰好被文評家彭瑞金推薦，印製成2018年新月曆12月之一，這微小新奇的靈感引燃我對作品的審視與信心，適時又巧遇李魁賢詩人的集稿策劃，更是加緊腳步把曾經刊登於《文學台灣》雜誌及《笠》詩刊，或未發表過的小品詩存檔文件仔細整理出版。

　　新詩集《放生》分為四項創作系列，系列五則附錄「笠友會」作品討論及附錄李魁賢的五篇淡水英譯作品。

系列一　「創作詩頁」

　　延續三年來淡水文化基金會舉辦的福爾摩莎國際詩歌節的催開，在淡水寫出的作品雖然不多卻可集成一束，經過淡水文化基金會的努力，其中有兩首作品「夢境猶新」、「殼牌故事館」已透過真理大學應用學系教授編成歌曲，並且在詩歌節開幕的音樂會上獻唱！另外一首「觀音的眼目」也在2017舉辦

的國際詩歌節展示於淡水捷運站出口。抱著對寫詩的熱愛，題材性向多元，詩總是離不開在台灣生活環境經驗的格調，當心理的述發成為一句句有意思的語言結構時，即是一首詩的誕生。

系列二　「心靈曠野」

寫作向來好像是在日子的草叢裡翻找奇花異果，或者說藉著物象發想它存在的意義及道理。看不見，卻要在行為裡實現，近年來信仰在我心中奇異翻轉，取得恩典也意味著丟棄舊思維、丟棄一些古陋的包袱！

看似廣闊的日月星辰，如何摘下一個光點？敏感的心理特質，所產生的訴求而寫詩，記錄日常生活小篇章啟示為詩，非語言的固執；非信仰的迷戀，是跨向歲月的新界、靠近心靈曠野的人生觀。

系列三　「客語南方」

客家話是我的母語，創作南方的人物故事、時空記憶、地理歷史與我生長的環境互相效應，自然凝聚成重要或者非重要的題材，以寫日記的方式保留，不肯刪除零星的舊檔歲月，變通成為念念南方的詩！

系列四 「旅行足跡」

出國是為了放鬆心情與親朋好友共同走馬看花,但是往往踏出國門抵達另一個國家,陌生的風景卻魔術般的變化我的視覺、人文歷史故事的吸引也使我的心劇烈地跳動,存在腦海的記憶一點兒也不肯退讓,這時我的筆,催促我塗塗寫寫,耐心地修飾,把它們變成一首首詩。其中收編了參加祕魯詩歌節專欄詩稿;西葡、北歐五國等自由旅行的詩稿,也許風景的藍圖裡連結著我抹滅不去的足跡。

目　次

「含笑詩叢」總序／李魁賢　003

推薦序：靈命的放生／林鷺　005

自序：放生　012

系列一　創作詩頁

文廟一角　022

淡水詩頁　024

淡水顯影三首　033

我以閱讀的方式走溪　036

玻璃詩　038

完妹，畫像無痕　039

破殼的朝陽流出蛋黃的腥味　041

放生　043

梅峰小徑　045

渡冬鴨　047

楝花滿樹椏　049

最後的藍布衫　051

硬頸精神　052

桐花　054

水蜜桃祭　055

牛墟　057

草原上不見牽牛花　059

路搶通了　061

您從鹽田的幽徑走來──懷念鹽分兒女林佛兒　063

女人樹──杜潘芳格追思　064

水災　066

兩幅奇美油畫──聖經故事　068

秋詩──中部記行　070

濛紗煙　073

晨讀　074

歷史的顏色　076

獵霧記　077

蘭花兩首　087

鹽分之血　090

色彩的淡水倉庫　091

系列二　心靈曠野

暗夜　094

胎兒跳動　095

天色微光　096

光已經來叩門　097

我欲予你活起來　098

詩與樹　099

聖誕紅　100

合媽媽心意的女孩　101

夢中的征戰　102

三島便條紙　104

石雨　105

逐浪　106

登旭海　107

掌家　108

窯變　109

熬煉　110

遙拜　111

新聞畫面　112

撒好種　113

禱詞　114

風中的好朋友　115

心囚　117

系列三　客語南方

天穿日　120

心路　121

孕　122

出世　123

伯公下　124

拈穀串　126

恩雨　127

木星　128

稈棚　129

掌紋　130

山谷个回音　131

東勢林場　132

竹篙鬼　133

賣菜　134

撮把戲　135

信仔　137

銅像　138

游移　139

膽膽大　140

媽祖魚　142

過河壩　143

斷烏　144

鵠婆　145

飽滿个聲音　146

系列四　旅行足跡

巴列霍Vallejo的故鄉　148

小美人魚　157

冰島鹽湖浴　159

冰島極光　161

挪威瞭望台　162

一把空椅子　163

大西洋海濱公路　164

瓜達亞納河　165

系列五　閱讀與討論

附錄一：閱讀利玉芳作品──笠友會　168

附錄二：淡水詩頁／李魁賢英譯　199

系列一　創作詩頁

文廟一角

尊師重道
語言從東漂到西
從這海流向那海
泛著儒學的波光

文廟
非崇拜偶像之廟
願百姓用嘴唇尊敬時
心
通紅
不遠離　神

大成殿
非神殿
願開禮門　義門
傳揚良善　尊嚴
敬天畏地

學子愛羊
祭典拔一根智慧
孔子愛禮

願大樹保守府城古蹟
要光有光
願絢爛的彩霞
擊破黑暗仇敵築起的高牆

淡水詩頁

1. 殼牌故事館

推開洋行的木門
塵封已久的熱情
～咿歪～兩聲

淡水夕陽
隨著福爾摩莎詩人的腳步照進來
說說海風的故事

紅磚柱雖然寫著「嚴禁煙火」
我還是樂意點燃一盞詩的火花
點燃展示在角落的一本《燈籠花》

2. 金色紅樓

象牙白的雲翳迤邐到天邊
像穿著一襲白紗禮服的新娘

新郎從海角奔騰而來
獻上一束金色夕陽的玫瑰捧花

我們佇立夕照的紅樓
向草坪上的新人佳偶舉杯
向彷彿辦著一場喜宴的島嶼
福爾摩莎，碰杯祝福

3. 夢境猶新
　　──遇見馬偕

腳步蹣跚，我來遲了
身體還是奮力向前傾
爬上馬偕街的斜坡

興沖沖地趕來
老教堂的雞蛋花開了
馬偕巷的細雨飄落我身

馬偕銅像守著大街
瞻望淡水
您究竟在等候誰人？

予我想起之前的夢
您揹著木槍，攜帶平埔壯丁
離開淡水，竄進叢林

您的頭盔被雞屎藤纏繞
發現宜蘭時
大聲榮耀主：尋著了葛瑪蘭

您給貧窮獵肉
給荒巒添煤油
您的目光如魚，洄游淡水
擦拭婦女猶豫的心鏡
教她們讀書、識尊嚴、爭女權

漂泊的腳程訪問真理教士會館
遇見馬偕博士
您的身影已成為章節史蹟
您戴的頭盔還散發著藤蔓的草香
我的夢境猶新

4. 觀音的眼目

船，移動
觀音的身體也移動

山，不看我們的眼目
只聽淡水河澎湃的心

風浪，偶爾閉目養神
以為母親的搖籃正哄睡她的童年

忽然，睜開雙眸
詩人Ati正在說自從……自從……自從童年起
從來就沒有想過希望

聽，微小、虛弱、遼夐的海聲
詩人Mario朗誦
遙指遠在恆星地平圈的，藍點

觀音不也斜臥藍點上嗎
不看山的眼目
只聽河心澎湃

5. 陽光和綠葉

誰不喜歡陽光和綠葉呢
孟加拉棕咖啡的皮膚
希杜爾・哈克
說他喜歡陽光與綠葉

說
河流的聲音
漫過人類的遠景
有憤怒有甜蜜有不協和的歌聲

6. 淡水、一滴水

放學的隊伍擁擠蠕動著
輕鬆的孩童像蜈蚣陣
繁多的足節匍匐在斜坡上

爬行地面的影子逐漸消失
有人脫隊
然後走向熟悉幽靜的道路

過橋和青蛙相遇
夥同探訪一位窮木匠
他所蓋的日式古屋

他的兒子——水上勉是個小沙彌
兩次脫逃禪寺
長大後愛寫推理小說
料想不到如今
古屋成為淡水、一滴水文學館

7. 雲門外六人舞集

舞集還沒有正式開演
六個盛裝的親戚
圍著紅色的喜宴餐桌聊天

母親還在烏鶖埔菜園收拾
新婚的大姊、姊夫正在趕路
姑母難得轉妹家聚聚
父親透露少年時代一場棒球比賽
兩隊都在掛零的僵局中
奮力滑壘成功

首次獲得冠軍的隊伍
吶喊著：贏了贏了
把他高高地拋起
日本隊，哭了

幾個孩子，笑了
我們被父親當年的榮譽感染
喝著汽水慶功
適時伙房門外響起了鞭炮聲
喜宴正式開動

8. 一場反核演講

這是一場
女詩人森井香衣的反核演講
發黃的投影帶中斷幾次
日本311地震
大海嘯的災情還未中斷

海嘯湧進學校的逃生門
應該依從命令往樓下跑？
還是能力應變往樓上衝？

生命的出口
還在演說家的舌頭下拔河的那一刻
聽見猛獸的怒吼

常是詩人筆下美麗的海浪
現出凶悍的原形帶來災難
演說家的咽喉說不出讚美

傾聽反核的預言
對於未來，我依舊抱著盼望
然而，不是那一個盼望

淡水顯影三首

1. 紅毛城

常常因為一陣暴雨淡水河變汙濁
復原清澈的淡水
顯影 1629 年
頭髮紅紅的人說著西班牙語
他們在河岸的山丘上
建立聖多明哥城堡

1642 年淡水顯影
頭髮紅紅的人說著荷蘭話
他們開著戎克帆航向島嶼
把聖多明哥城堡更名安東尼堡

1867 年英國租借城堡做領事館
達一世紀之多
每當淡水夕照
山丘上的紅毛城渲染得更朱紅

2. 滬尾砲台

滬尾砲台上
火炮像隻隻盤旋的鷹
鷹眼俯視著河的動靜
守護島嶼門戶從不鬆懈的樣子

河域資源被侵犯過
水果、香料、木材滄桑過
也許
日本人不喜歡砲火殖民
拆除了清兵豎起的砲台
也許
命令星辰卸下盔甲
把光披戴淡水碼頭

3. 滬尾老街

遊走滬尾老街
有緣遇見時髦的藝人
聽流浪的風伴唱燒酒歌

傳教士有緣說淡水方言
新生代偶爾秀秀英文
沒有殖民語言這回事

若不趕路
就坐下來歇歇
欣賞河畔暮色洄游漁人碼頭
吃著老街的傳統
喝著滬尾的潮流
遠眺觀音山撥開雲霧的眼界
近看真理的彩虹懸掛愛之橋

我以閱讀的方式走溪

我走出住宅古厝與人群
跨過紅磚鋪蓋的水泥路
不知地底下
埋著排放汙水的涵管
隱身的河流悶不作聲

無憂的小花小草
倒是鑽出堆砌的石頭牆縫
青苔爬滿了古道風霜的臉

穿著木屐走向田野
散漫的我
聞到秋天收成的草香
聽見粉撲花輕輕的呼喚

梅樹坑溪，走累了
逗留土地公廟

野溪嘩啦嘩啦的彈唱
或許是一則回歸土地的誓言

走回竹圍工作室
園裡的植物槌染、植物書籤
展示他們的文創
梔子花果凍、樹梅茶飲挑動我的味蕾
一群號稱孤魂野鬼的藝術家
聚集老蓮霧樹下聊天思考
我以閱讀的方式走溪

玻璃詩

餐廳外片片的玻璃門窗
是一張一張透明的稿紙
國際詩人連結在地詩人
將心中的淡水塗塗寫寫

書寫夕陽對於倒影審美的看法
書寫老榕樹與河堤固有的關係
倉庫緊鄰捷運緊鄰亞太
人來人往有說不完的故事

紅樓情侶漫漫步行淡水河
橘色的甜度與昏黃的熟度
倩影恰巧映照在玻璃窗上
瞬間，轉貼成一首玻璃詩

完妹，畫像無痕

完妹，安靜地坐在畫像裡
天窗灑下流動的塵埃
光裡含著樹蘭花黃色的顆粒
像一束簪花插上她的髮髻

光線緩緩地挪移
黑色的大襟衫顯耀出莊重優雅
金戒指、銀手鐲在多皺紋的手腕閃亮
裙襬露出圓頭繡花鞋
完妹沒有纏足

完妹住在畫布裡
實心木的圓桌
舖上白色雷絲巾
魚肉挪去。猜忌挪去。操勞挪去。幻聽挪去。
青瓷花瓶擺上
彩虹彎彎的扁擔將回憶擺上

親情的溫杯擺上
數朵薔薇話花語

完妹，靜坐黑白的畫布裡
她的眼睛
注視著我向左　向右移動的腳步
我不再試探她的愛
完妹，畫像無痕

破殼的朝陽流出蛋黃的腥味

忘記是幾號碼頭
忘記了渡輪的船名
清楚記得1973，我結婚那一年
一艘　滿載著青春女性勞工
中洲開往前鎮高雄加工出口區的　船
漸漸駛離　充滿活力的港灣
是時
破殼的朝陽正流出蛋黃的腥味

風浪偶然撞擊著柴油洩漏的汙漬
生產績效偶然撞擊著出口榮譽
學歷不是問題，夜校生可以錄取
全勤獎金正是女工的籌碼

出勤卡千萬莫出現紅字啊！
時間是準確的
船！拜託別遲到！開快一點！

船東訴苦：女工們爭先恐後
船上的腳踏車也擠來擠去
使機械的血液循環不佳
船頭暈眩，故障中風了

船身突然翻覆
全國新聞溺斃了二十五位淑女
1973年，我的筆尖，斷了墨汁
勞資雙方
如何地心急迫切，嫌疑剝削
我的詩結結巴巴

四十五年轉眼過去了
釀禍的浮油已經打撈得乾乾淨淨
破殼的朝陽依然流出蛋黃的腥味

放生

手掌有悲憫的紋路
瘦弱的食人魚
因而獲得生機
小湖有容納的雅量

自卑的食人魚
羨慕異族的漣漪
畫得比它大比它圓
也想替自己的漣漪
加上一點顏色

當整個內陸河川與湖泊
被染成一種腥紅的色彩
繁衍著一種罪惡的渦流
只生存一種魚的時候

被廉價的慈悲出賣的
手

夜夜守在湖泊
垂釣　游失的尊嚴

梅峰小徑

初陽像鍍金的指針
指著七點五分梅峰的位置
蘋果綠、橄欖綠、墨綠的山稜線
滴答滴答地完全青翠了

我穿越
台灣杉和日本杉拱起的路徑
有位穿著農夫高筒膠靴的解說員
熟悉這塊地到那塊地散步的秘境

他能翻譯鳥類的語言
我也學一句賽德克語malisu
招呼林間的鳥族

農夫種花也愛花
有一種叫做──伯利恆之星的花
是我所不知道的恩典

誰拔走了結實累累的蘋果樹呢？
山豬不在場，不多評論
該為牠們的生存權保留一點餘地

推石機，全身生了鐵銹
閒置邊緣，一點也不羞愧
推石機從前像隻勇猛的大象吧
能用鼻子推開大石頭
推開山林的貧瘠與障礙
改變有機，生產富饒的高麗菜

地磅，全身生了鐵鏽
閒置邊緣，不害怕做自己
地磅從前像隻勇猛的黑熊吧
能承載數公噸的高麗菜
今朝卡車隆隆的交易聲……已遠
梅峰小徑聽見露水滴落的聲音

渡冬鴨

養鴨人家
踩著秋收的腳步來了
毛茸茸的小鴨
放養在遺留稻香的田間
發出稚嫩的啾啾聲

覓食穗粒的幼鴨
黑影一坵一坵　移動著
遠山　移動著
移動了田埂上的老樹

鴨蹼變大了
聲音變聒噪了
身體變胖了
走起路來搖搖擺擺

綁著布條的竹竿
揮趕

圓滾滾的夕陽
揮趕
冬鴨渡入新禾場

楝花滿樹椏

中國人收領台灣
吹喇叭、敲鑼打鼓
指揮台灣走正步前進
當時
台灣順民搖旗喔喔喊萬歲萬歲
公雞挺拔頸子唱光復的山歌

戴台灣笠的婦女
知性的母親
日間，努力撒好種
膝蓋跪水田
降服我們的老祖先

布巾解下來的母親
牲畜餵飽了，廚房又打理好了
夜晚
還要生一兩個可愛的兒子女兒

吾等台灣的母親像野生的苦楝樹
差一點受到鏟除的命運
幸好神　痛惜吾們的軟弱憨厚

春天到了　苦楝樹又開紫色的花
和諧、平安、幸福、微笑、善良、音樂
陽光開滿枝椏

最後的藍布衫

赤焰的太陽　燈光般照射著
滾滾大河　皮鼓擊響地奔流
穿一襲藍布衫的伯母
一步一步走上風中的舞台

白芒花淹沒了藍布衫
油紙傘　搖啊搖地　擎入村莊

她雙手合十　敬拜土地伯公
祈求牲畜快快長大
庇佑孫兒要聽話
保護在金門當兵的兒子平平安安
保佑南洋戰場上一直無歸的老公

褪色的藍衫袖寬寬鬆鬆
流著汗水
眼淚兩三行

硬頸精神

原本為了把水種稻
看崗的六堆人
堅持守庄守社
阻賊擋賊、不殺良民
義勇軍擊退朱一貴
清廷陞「懷忠里」
諭示建「忠義亭」

光榮的六堆後背
招致部分民怨
結仇更至加深

對人情世故漸漸冷淡
只求生活平安的六堆
含淚圍坐神的面前決議：
今後若無府縣命令絕不出堆

訛傳說：
今後客家女兒絕對不嫁河洛

難怪兩百多年來
客家晚輩遺傳到硬頸症
六堆女兒也罹患偏頭症
說來話長
這是很難醫好的一種病

桐花

清風將一盤一盤的桐花灑落

花蕊散發著胭脂的粉香
好像一把把花傘
順著山風降落

落花停留葉面，有些
靜看世間風雲
落花停留樹枝，有些
回眸群聚的大河
我的雙掌無意中接到幾朵溫情

水蜜桃祭

巴陵馬告！你風塵僕僕揹著滿足下古道
從魚簍裡現撈拉拉山生產的水蜜桃
擺上銅像的塈前，剝開你的笑容
坐相瀟灑學我，點燃一根煙
老實說，我不反對抽二手菸
否則松菸事件會引起我的咳嗽

敏感如二二八那一天的來臨
銅像懼怕遭遇蛋襲和潑漆
也害怕年輕人霸凌
把他變裝成狼狽、偽善、猙獰的面貌
這日叫我的坐、臥、站立都難安
向銅像示威的群眾
不如跟銅像一樣戴上黥面的臉譜
面具底下忘記彼此的種族和職業

巴陵馬告！你怎說白布黑字無關銅像痛癢？
你擺上水蜜桃紀念和平日，我豈能無感覺？
銅像和我的臉龐、身材相似度一百

詭譎風雲卻訛傳銅像半世紀，使我煩惱
我下令鎮守台灣各個角落喪失靈魂的革命家
從忠孝仁愛信義街、和平圓環、中正堂除役
撤營大溪，作觀光復活的大夢

巴陵馬告！請仔細聽
解說員對遊客宣揚我的主義
忽兒讚美我豐功偉業、忽兒扯上獨裁殖民
說教改課綱不如種植一畝太陽花
不如凝視大漢溪逆流而上的魚兒
不如書寫鳳飛飛軟化民心的歌聲

馬告！你若回巴陵
請點燃蠟燭，擺上水蜜桃，向星辰求告
舉手出聲贖罪七十個七次
別紀念戒嚴時期我最幸福快樂的時光
別紀念雙雙草鞋踐踏過義人的道路
別挪去開羅宣言美麗島江山我的靠枕

牛墟

一四七是鹽水墟
二五八是善化墟
蝴蝶好奇地飛出村庄
狗兒也閒著無事好奇跟出門

無牛可交易的牛墟
牛擔、鋤頭、掘仔、畚箕
為了三餐，堅持渡過秋天

古董、電子琴、賣雜貨的
生意場的叫賣聲
好像兵市場

無牛可交易的牛墟
人擠人

笛子吹響
爆米花就要引爆了啊

雞、鴨心驚膽跳
八哥喊一聲：快跑快跑

假使肚子餓
來一盤油菜炒沙茶
台灣牛肉炒大陸妹
想接話絮的
就來一瓶鹿茸酒
寂寞會陪著你喝到醉醺醺

草原上不見牽牛花

電線桿一支相連著一支
草原哪會孤獨呢？
蜿蜒的泥土小徑
足印羊蹄追隨的那一方
必有人煙

流浪不是白雲的名字
緊鎖喉嚨的南方女孩
妳為什麼不唱歌？

蚱蜢愛跟妳打賭
倘若妳尋著了
遺失在草原上的一顆童心
牠會跳高和翻滾

綿羊把頭壓低
從來不理會曠野的寂寞

日落前努力填飽明天
羊圈就不空

草原上不見牽牛花
啊！妳的牛隻妳的牧人呢？

路搶通了

旅行者跟天氣預報打賭
允許遊覽車冒著颱風天開往拉拉山
水蜜桃買不成
落石已經擋住回頭路

多宿巴陵兩夜
泡麵快要斷炊了
部落馬告在大廳嚷嚷：
「世界末日還沒有來，你們不必恐慌
趁著無雨，我來打魚給大家分享」

撒網、拉網
拉著潮濕的馬路
撒網、再拉網
兩條小魚丟回活跳跳的大海

馬告托住耳朵傾聽：
「喔⋯⋯在指望中要喜樂，在患難中要忍耐。」
「往右手邊撒網，好好好！感謝主！」

銀網再度拋向大海
咬緊牙根、挺立腳肚奮力拉
他轉動著驕傲的眼球
喃喃：「神是公義的、撒什麼、收什麼。」

簍子裝滿了大魚
表演獲得遊客的掌聲
賞了一根香菸
雲霧吐出幾圈
忽然尖叫：「啊！上帝來了。」

一溜煙，不見男子的蹤影
兩人走下警車，面露笑容：
「路搶通了，我們是來護送各位下山的。」

您從鹽田的幽徑走來
——懷念鹽分兒女林佛兒

您從鹽田的幽徑走來
尋覓渾圓的夕陽下
紛紛歸巢起飛的黑影
像是尋找旅程的伴侶
溫柔真實的牽手

您從盡頭的鹽田回來
北風中潟湖的殘破
台灣西岸與您的相機隨行
一張張嘆息的符號影像
淘洗著漁村的淚光和時光

您從幽徑穿越廣闊的鹽田
聽見邊防哨站的小花小草
朗讀著寂寞的詩篇
聽見鹹味的空氣絮語
推理一則則通往命運的小說

女人樹
——杜潘芳格追思

生日這天
三月九日您滿九十歲
是否又想起花蓮・鳳林
被二二八慘殺的親愛的姑丈及倆位舅舅
您清醒的記憶
竟然未被殺人的軍團擊潰

模糊模糊地回憶一九四七年
三月初九惡魔軍團登陸島嶼玄關基隆港
與您的生日同一天
從此，您不願接受慶生
害怕聽見「生日快樂」的歌聲

三月十日這一天
您以消極的姿態遺忘・沉睡・死去
相信這個世界會過去

不！也許是神的誘惑
使您在睡夢中撇開世俗的焦慮、哀怒
帶著潔淨的心靈含笑走向天國
尋找衷心能使您喜悅的
值得慶祝的，心靈的生日

踏上宇宙廣闊的泥土
親吻太陽月亮綻放的花香
那裡也種了一棵女人樹
五月相思
即將綻放金黃色的花蕊

水災

有路卻走不出去
水溝反而被水淹
大池塘　氾濫成災
風景渺渺茫茫
看不清地平線

北京鴨在大水中游來游去
肉雞沒有回雞舍
一間間豬舍　一口口食槽
安靜無聲　沒有飢餓的叫喊

泡水的彈簧床、彈簧椅
膨脹起來
丟棄在屋後東倒西歪

水鄉澤國
五排黑豬七排白豬

肚皮像灌了風一樣腫脹
四腳朝天含著淚水

桌仔漂漂浮浮
小孩子爬上去
黃母狗爬上去
小豬胚也跳上來
泱泱大國　幸好有諾亞方舟
一艘救起自家人的小船

兩幅奇美油畫
──聖經故事

1.

約翰曾對王說：
你娶你兄弟的妻子是不合理的

王后不悅，想要殺他
只是不能
王知道約翰是義人、是聖人
敬畏他　多方保護他

王生日那一天
沒頭沒腦地砍下約翰
頭顱　血腥
捧著盤子端給女兒
當作希羅底跳舞得的獎賞

滿足妻女的要求
王終於發瘋了
喊著：我所斬的約翰復活了

2.

名叫拉結的村婦
她不肯接受別人的安慰
哭子女都不在她的身邊

飆淚痛恨生長在這殘酷的時代
王竟然殺了別人的孩子
又殺了她的兩個無辜的子女

絕望的黃昏
獨自一人走向陰暗的河邊
撕裂衣裳　呼喚孩子的名
袒露豐滿無用的乳房

秋詩
──中部記行

1. 搖椅
──參觀草屯工藝館

坐
輕輕仔坐
工藝館內一張竹仔編織的搖椅

搖
佮伊輕輕仔搖
地動了後鬱卒的九九峰
今馬那親像一幅青翠的屏風

樹葉微微仔轉紅
我心內思慕的紅豆
慢慢仔成熟

2. 一齣布袋戲
——參觀台灣語文學系

忝 thiam 仔武松
佇野外找著樹頭
坐咧休睏
瞬間，哎一聲：阿娘喂！
位大虎公的腳脊胼跳落來

親目珠看著武松會驚嚇
親耳孔聽到武松咧講台語
伊打虎敢袂軟腳
難道是呷著「虎膽藥仔」？

3. 日月潭記

春天無雨
日月潭已見庫底
九隻青蛙疊羅漢浮出泥灘
沒有漣漪可掩護牠們生活的祕密

奇異的夏天降下甘霖
給足了水
水鹿隱隱約約正在岸邊跳躍
日月光華顯影潭中
霧秋的部落山谷傳來感恩的舞蹈

青蛙家族安心的潛入野薑花叢下
最幼小的一隻興致高昂的浮出水面
要跟出航的遊艇比蛙式、比吟詩

濛紗煙

雞未啼
後窗霧正濃
月亮還在蚊帳裡作夢
急性子的公公
喔喔喊……起床

天未亮
廚房已煙霧迷漫
本份的柴草情願被燃燒
朵朵星火爭先飛上天
想要變成星星

太陽露臉了
掀開包縛著田野的面紗
打赤腳的農婦
將濛濛的心事
踩入稻禾邊

晨讀

晨讀《咒之環》
我單單翻閱年代的爭戰
記下篇篇苦難

筆記1721年
朱一貴、杜君英兩方
權力分配不均
反臉
造成閩客、漳泉分裂
械鬥

筆記1786年
反清盟主林爽文
他的勢力範圍
留下爽文路、雙文國小、爽文坡

筆記1895乙未年
抗日三猛

簡大獅、林少貓、柯鐵虎
他們以獸起名
圍困在八卦陣

筆記1915噍吧哖事件
活得過久的人
拾起零星的恐怖記憶
訴說
光頭巨眼、黑衣瘦小的余清芳

筆記1930年霧社事件
莫那·魯道·莫那·族人
孤獨·魂魄·無言·無語

1947年背負雞鳴卯時的悲哀
筆記另外在厚厚的一冊

歷史的顏色

蒲公英煙火
綻放廣闊的天空
風一吹來
燦爛消失
瞬息歸於平淡
天空還原歷史的顏色

煙火自然消散
耳朵自然寧靜
清明無形
還原給流星
寂靜無邊
天空還原歷史的想像

獵霧記

1. 登霧台

通往霧台的路上
舊日的鐵線吊橋
猶在童年跪爬的水影下
混濁　尖叫　暈眩　搖晃

三地門不設關卡
順利通行
隘寮溪沒有隘口

名叫什麼颱風來的
怒氣扭斷了橋梁
人民在挫敗中再築起新橋
連結原生的土地

這座霧霧的山頂
可是當年由故鄉仰望
老鷹展翅上騰的高山嗎

櫻花路已含苞蕊蕊
確信春天
攀登了霧台的枝頭

2. 獵寮夜宿

神　好像替我們預備了家
輕輕鬆鬆推開
門很窄　路細長

嗚～嗚～嗚　老闆娘我們來了
您好！
Sahbow！Sahbow
獵寮歡迎我們
這裡不怕被外人打擾的地方

3. 屋脊上的勇士

勇士的塑像看守屋脊
臉龐像似女主人
象徵夫妻合為一體吧
飄動的長髮
逆風中廝守長長久久吧

象徵受過祖靈祝福的眼睛
琉璃般發亮著
每一分每一秒　都是等候

等候　揹著喜悅回寮
等候　屋脊升起煙霧信號
勇士等候族人登門祝福

4. 大姆姆山

軟綿綿的雲喲
紫色灰色朵朵玫瑰色
慈恩的雲
遮蓋大姆姆山

大姆姆隆起的山丘
飽滿的乳房
掩護著出沒的生靈

輕功飛奔的雲
玫瑰色的雲喲
慈恩的大姆姆鬆解衣襟
微風下有了動靜

5. 小百合的淚水

星星很久沒出現夜空了
想尋覓霧台上點點閃耀
淺酌兩杯

卡拉瓦太太走過來
跟我們說話
強調魯凱族人不愛喝酒
這話使我的酒杯翻轉
又說
空酒瓶是一排愚笨的吊飾
濃濃的小米酒
泡過歌舞
泡過部落的悲喜
酒一不小心
就會泡出小百合的淚水

6. 教堂屋頂上的小孩

有小孩站立霧台至高點
教堂的屋頂上

石板屋頂上
大幅的人體活雕
一群工人
使勁拉著固定樑柱的粗繩
繩的尾端
小孩也努力的拉著

原來是工作的父親
留一段　形式主義的繩索
讓孩童小小的心靈觸摸
把玩　動工榮耀的居所

7. 台灣愛玉子

台灣愛玉子
何等斯文的名字
這等野性植物
能夠攀爬三層樓高

愛玉子授粉
透過共生的小蜂媒
在公花母花之間忙碌
傳播辛酸與浪漫

霧台霧霧的黃昏
難得Q彈剔透
品嘗一碗
蜂蜜檸檬愛玉子吧

8. 掩面雄鷹

土石流發出詭異的合音
亂了　魯凱族人的舞步
橋斷　部落　失聯

與大自然搏鬥的民族
挫敗再一次記在他們頭上

一隻雄鷹鎮定拍翅
引導怪手
引導直升機
引導推土機拯救霧台

救災開路救災
翅膀飛過泥濘
飛過受傷的孤島

連日緊繃的翅膀
終於放下沉重的擔子
垂在風中掩面哭泣

9. 黑貓木雕

枯枝圍起的家
石頭雕琢過寂寞
木頭刨光了空虛

生命象徵的藝品
倚立牆角　安置花園

一隻黑貓木雕藝品
展示櫃台上
夜裡發亮的眼睛
仰望
魯凱祖父求精的藝術神情

藝品忽然顫動　弓起身軀

剎那間　一團霧影

躍入卡拉瓦太太編織的搖籃裡

蘭花兩首

1. 台灣阿嬤

先進的人
不掛口罩
不戴墨鏡
大聲唱出愛台灣

前衛的人
打著赤腳
原地跳山地舞

潔白馨香的蘭花
取名——台灣阿嬤
使我想起阿嬤
她微駝彈性的肩膀
花苞有序地開著
朵朵高昇的兒女

2. 紅鶴頂蘭

昨夜依舊沒有星辰
白鶴、黃鷺們的天空會寂寞嗎？
牠們伸長了頸項盼望著什麼呢？
曠野害怕孤獨吧！

牠們就要飛過來了
聽說，紅鶴是天性耿直的好伙伴
飛行優雅
能適應惡劣的環境

聽說，牠們遷徙自台灣的原鄉
鼓起氣囊
展開耀目的羽翼，翩翩飛來
站立群鶴之頂

優勢的紅鶴
在風中悠遊漫步
酷似喇叭的唇喙
恬靜而內斂
不隨意喧囂起舞

鹽分之血

我的體內

流著鹽分的血

戰後出世的囝仔

偎靠祖先的汗水

豉一甕閣一甕的鹹瓜仔

防止歲月腐敗變味

消除散赤苦澀的日子

掖一把鹽

共我心酸的記持

調味回甘

色彩的淡水倉庫

我以為你
貯藏燕麥與五穀
我以為你
貯藏棉花和麻布
敲一敲你的門
打開你的氣度

我以為你
是個打著領帶的富翁
我以為你
名片裡寫著諸多頭銜
走進你的木門
聞到歷史的香氣

還有茶香、還有咖啡香
慕名而來的過客
敲一敲你的門
有請

我以為念舊的你
只提供古物珍品和幽情

你卻不避諱
談一談星月走過的黯淡
說一說夕陽背地裡泛著淚光
如今紅磚牆壁掛著百幅油畫
畫色彩的淡水
畫熱鬧打拼的倉庫風景

系列二　心靈曠野

暗夜

習慣了沒有電燈的六〇年代
基督宣教　把電影帶進暗夜
鄉村看見奇異的光明

黑色的眼珠子
在暗夜亮起來

畫面會動
牛會耕田
那位穿著亞麻長袍
留著鬍渣的男主角
說著智慧的語言

排著長長隊伍的病患
等著他醫治
劇終
祂稀奇地退出幕後

胎兒跳動

聖經上寫著
以利沙伯對馬利亞
高聲喊：
妳在婦女中是有福的
妳所懷的胎也是有福的

因為妳問安的聲音
一入我耳
我腹裡的胎兒就歡喜跳動

台灣總統曾經問我安
聲音一入我耳
彷彿脫胎換骨

天色微光

天色微光
牧人在前
白衣使者在後
祂們繞過紅銅色的山脈
從西邊的山徑跑來

婦人看見了
俯伏跪拜
拱起身好像死坵

使者雪亮的眼睛
安撫匍匐困頓的婦人
赦免她的罪
一顆心
活生生的跳動起來

光已經來叩門

Surrender
這一句使我產生幻聽的清晨

有兩人
手握書卷
他們的額頭飽滿
啟示順服的早晨
心
尚存疑慮時
光已經來叩門

我欲予你活起來

我欲予你活起來
gua² beh⁴ hoo⁷ li² uah⁸ khi² lai⁵
我欲予你活起來

On way holy walk.
行在神聖的道路
On way holy walk.

On way hold walking.
堅守持有的道路
On way hold walking.

我欲予你倚靠
gua² beh⁴ hoo⁷ li² ua² kho³
我欲予你活起來

聖靈親自用說不出的嘆息
替我們禱告
我們所相信的就會活出來

詩與樹

詩
是像我這樣的傻子所作
但只有上帝能造一棵
樹

詩
信心偶然會動搖
一棵樹屹立著不斷發展
根

詩苗
經過一番風雨的歷練
長大後也會彎成一棵
大樹

聖誕紅

天空在孤岩上
雪地在孤岩下
白靄靄的雪
冰封十字架
聖誕紅隱隱約約

合媽媽心意的女孩

屋頂上的貓
神祕地瞄了女孩一眼
加深她的眼影

二十歲出頭的女孩
喜悅地踏入社會
第一次穿迷你裙
不合媽媽的心意

穿
兩片窄裙、六片裙、百褶裙
大圓裙
黑長褲
牛仔褲

女孩
穿著母親逐漸開放的尺度

夢中的征戰

人做了一場噩夢
睡覺醒來
怎樣看待昨夜？

你是兇悍的歌利亞嗎？
醜陋的爪子
如何追趕逃避你的情人呢？
省省事吧！

女孩
抱著魂魄
抱著膽子
跑

爪子
幾乎要抓住躲藏
幾乎要抓住勝利

阿門……一聲
惡夢奮起而坐
被女孩征戰的姿勢
嚇跑了

三島便條紙

三島
自覺江郎才盡
「死」是人生完美的作品

從一位思想家浪漫到憂國
三島的靈魂深處
受到偽善的污染
才走向激烈吧

三島完成「豐饒的海」
第四部「天人五衰」
把原稿交給「新潮社」
後
切腹

當天1970年11月25日
留下一張便條紙
「生命誠有限、但願能永生」

石雨

請問：
天上出現一隻黑猩猩和一條龍
是何象徵？

濟公回答：「心靈」

請問：
猩猩為何向我變臉？
搖晃丈夫的車
從我的座椅取出大石頭
怒吼地拋向天際
砸落
變成石雨

濟公無語
直稱我「知識份子」

逐浪

她是追逐海浪長大的女孩
要帶我走一趟當初我們約會的西子灣隧道
她顯然知道我的羅曼史

她叫我換雙平底鞋
一起爬上英國領事館看夕陽
假若陸客不塞爆Z字型階梯

雖然看不到夕陽的圓融
餘暉還是抹紅了衣袖
她一邊抱歉一邊讚美海天的傑作

年輕的夕陽在紅毛港逐浪
中年的夕陽找到益友
至於老年的夕陽不為明日自誇

登旭海

趁著白晝
登上旭海
聞一聞草原的鹹味

看一看信心的左眼
浩瀚的太平洋
望一望愛心的右眼
台灣澎湃的海峽

夕陽趁著天未暗
落在金色的巴士海峽
白浪起伏的胸前

掌家

從某村來的婦人
口口聲聲說：
台灣紅瓦的貨款全數交給婆婆了
她卻說不出婆婆的長相面貌

啊！可憐的掌家
老人家聽了
急出眼淚

文盲的婆婆
甚至把舊銅壞錫換來的小錢
都交代家人
何況這是一筆賬呢
饒恕她吧

窯變

溫火或烈火
是我所能控制的

青瓷遇到瓶頸
窯裡扭曲變形
釉色走樣
非我所能掌握

破碎它，不然
愛你
一個被喚醒的靈魂
一個不能重複培燒的器皿

熬煉

5點55分
生命冊上的名字將扔進火窯

最後三分鐘
火燄混雜著夕陽的悲哀
燃燒那個人

最後兩分鐘
情慾和聖靈爭戰
解下財物留給世間

最後的一分鐘
情慾和聖靈重修舊好
那個人毫髮無傷走出火窟

5點58分
窗外飄著細雨
深深吸一口清新的早晨

遙拜

女詩人

描寫採樵為業的祖父

期待靜岡港灣傳來好消息的日子

遠遠看見木材運來

複雜的喜悅

跪地

流下熱淚遙拜台灣

新聞畫面

三十三位智利礦工
深陷六百公尺，長達六十九天

神奇的智慧型生命探測器
和，巨人般的鐵殼護欄
把他們從黑暗的地底拉回天日

妻子給丈夫穿上花襯衫
給丈夫戴上戒指
穿上新鞋
擺宴席開香檳
祝福，並歌舞著

一位父親跑上前去
擁抱平安回來的兒子
連連親嘴說：
我這死而復活、失而又得的兒子

撒好種

聖經上說
麥子是農夫播的好種
仇敵趁著人睡覺時
把稗子撒在麥田裡

父親說
稻田的遭遇也一樣
容稻子稗子一起長出來
等著收割
若急著拔除
稻根容易鬆動

學校說
稻穀收割前再挑出稗子
捆成捆、曬乾留著燒
稗子的重量等於勞動成績
父親看顧我的願望
又去稻田裡找稗子了

禱詞

主啊！
您對每一件事都感到興趣
感謝您觀察我剛硬的心
容忍我的疑慮
隨時等候我的發問

您提供我思考的需要
撒播愛的種子拿環境現狀來比喻
滿足我日常掛在嘴邊的平安
賜予我心中暗暗懇求的康健
我以基督的聖名感謝主，阿們

風中的好朋友

我的朋友無所不在
有時在風中
他有像偵測器一樣靈敏的眼睛
能透視我的心思

今天，他遇見我
打量著我的臉
說我好像戴了一副憂愁的面具

啊！他果然猜中我心中的祕密
昨天賽跑
有人搞小動作
使我絆倒、落後

朋友安慰我說：
耍心機雖然超前贏了頭銜
卻沒有獲得真正的榮譽和快樂

勸勉我把心中的煩惱
刪除
不可遺憾到日落
抱著有定向的目標
繼續在操場上奔跑
我是他的好朋友
耶和華是祂的名

心囚

我們太依賴手機的生活
很久沒有提筆寫信給你了
我的心啊！這些自閉囚禁的日子
很想念你！
你堅持沒有怠惰故意浪費光陰
始終保守你的執著
從前多閒話多疑惑的嘴巴紛紛閉起
反過來關心

人的一生當中，誰的心沒有過犯呢？
願賜智慧、平安、憐憫的
神　赦免你的軟弱
願搞愚昧、怨恨、纏身的撒旦
遠離心中的是非
願心還是心
聽見全能　神的呼喚
我的心啊！你不必徘徊　祂的門外

系列三　客語南方

天穿日

紫紅色入秋
氣象个葉仔落淨淨
報告
係地球染污天頂
毋係天　暖化地球

生生个吾等人
像揚葉仔一樣
吸花蕊仔个靈魂
但係　天空落酸雨
滴滴涿涿
花蕊仔毋敢開花

天頂壞忒一等大坑
父派天使女媧
修補天國个門

心路

採用伯婆个老方法

摘抹草、捏桂花

芙蓉心挼鹽水

收驚

膽膽大

洗淨蒙塵个心事

彎彎曲曲个心路掹界直

孕

有身个婦女
感覺著肚笥裡背
文文仔心跳
該係用伊發夢个願望
攏出來个生命
供一季愛个春天

出世

病歷表寫妳个學歷、歲數
供過幾多賴仔、妹仔？
單胞卵也係雙生？
自然生產也係剖肚笥？
宗教信仰係脈个？

半夜
嬰兒仔行過暗迷濛个子宮路
噭兩聲
新生命出世咧

伯公下

生理人彎彎幹幹
毋知適奈來个？

海螺聲音歕到盡響
婦人家行前來捉豬肉

賣布仔个載到伯公下
細阿姊圍等咧
剪幾尺絲紡同烏布

算命个來咧
伯公下擺陣
鳥仔拈籤卜卦

補鍋頭的師傅來咧
整遮仔搭並整電扇

中秋節
細人仔大人儕
圍等伯公抗甘蔗

新娘轎
扛到伯公下
料涼、打紙炮

後生人
拈捌戲院宣傳單
約好暗晡頭共陣看電影

細偶仔跋到榕樹頂
看雲發愕
看牛洩力
哈把看人生爭牛屎

拈穀串

正經有聲音對田段尾
大聲盡喊：
喔！祥仔叔个妹仔
聽𠊎話
莫去別人个禾田拈穀串
這跡位拈就好
肚渴了，田唇有茶

煞猛割禾个脫穀機
都聽ngeˇ著背尾響亮个聲音

恩雨

頭擺仔行入教堂
淨淨想著
愛
愛領麵粉愛領奶粉該回事

𠊎聽毋識
祈禱空虛个聲音
看著十字架也盡好奇

今晡日救世主同𠊎贖罪
落恩雨同𠊎洗禮

木星

申時
東片个木星行到窗仔格
像打開珠寶盒
恁亮

風一聲：珍珠靓嘍？
喜歡就送分妳！

𠊎个無名指
戴唔贏
毋當將這隻金指
放轉天頂項

稈棚

禾埕尾个稈棚
係田舍人收藏个作品
係心舅毋使愁个火種

一陣風吹來
有犁耙翻土个黃泥味
有春天蒔秧个臭青
有日頭
搫草躅田流个汗騷

疊到高高个稈棚
知得放忒擔竿个心情
係水牛飽足个草糧

稈棚下
係雞母帶子絡食个天堂
係細人仔掩目避屋个好所在

掌紋

阿姆講
河霸手个妹仔
做得嫁人

自從嫁來細細个村莊
定定仔看手紋
像莊北个急水溪
又像故鄉个大河壩
畫畫暗暗汩汩仔流

事業線　順等河唇彎來彎去
愛情線　吹來鹹水草个味緒
生命線　連等阿姆个肚臍絆

山谷个回音

莫拉克發風搓
打散个鳥仔
又尋到一頭大樹桐做竇
揚葉仔、揚尾仔个翼胛
燥 veˇ又濕　濕 beˇ又燥

人種个日頭花
野生个星仔花
全全企在路唇口等候佳音

遭遇水災个山羌、山豬、花鹿、山羊
腳蹄互相打信號
歸轉佢兜熟識个山坪

荖濃溪該片喊一聲：
企起來，專心看顧義人重建家園屋
少年溪山谷回一聲：
企起來，專心看顧義人重建家園屋

東勢林場

向東片漫行
優勢个花園風景無變樣
變ne係旅行个心情

季節个花蕾仔謝忒又開
鶹仔、揚葉仔、揚尾仔打早飛上飛下
蜗仔跳出來散步
大自然个林場裡肚
芬多精个香水大大方方噴在偓身項

月華有時
星光有時
路唇个燈籠花等人點界著
火焰蟲一身都係光
無界線个光
一盞一盞飛過屋簷前
飛過偓未來个夢想

竹篙鬼

喊佢竹篙鬼
竹篙鬼个目珠
就擘啊盡大蕊

喚佢挷水
佢就挷水

喊佢kai′水擔竿
佢就挺直背囊
水 Kai′到頸寒寒

註：竹篙鬼：螳螂
　　Kai′挷水：挑水

賣菜

賣仔炒筷菜
豬肉悶鹹菜
食了又還愛
蕨仔、蕃薯葉、吊菜
米篩目、冬瓜、豆菜

賣仔炒筷菜
豬肉悶鹹菜
食了又還愛
有耳無嘴有耳無嘴
這係麼个時代

該儕人
適和尚林來个
一路唱歌一路賣菜

撮把戲

柑仔色个日頭
吊菜色个飛雲
臨暗頭个色相定著精彩

暗晡夜
上屋伙房做撮把戲

夜盲食
星仔兜凳仔先號位
老人家坐凴椅
等看打採茶

絃仔鋸一段思相枝
老山歌隻隻大道理
平板轉化人生个命運

苦旦賣膏藥个時節
細偶仔昂頭啄目睡

後生阿哥細阿姐
屋簷下暗暗仔打嘴鼓

煞台咧
阿丑伯正現身禾埕尾
滑稽變把戲
大家个精神又畀喊醒咧
喊醒啄目睡个星仔
月光乜拍手笑到目栖栖

信仔

裁縫車仔係阿嫂个嫁妝
做過幾領藍衫
車過花布洋裝

阿嫂拜託倕寫信仔
裁縫車仔讓出半張桌
吩咐食頭路个賴仔
愛聽頭家、頭家娘个話

送信仔个來到
裁縫車仔會自動恬恬
目望望仔等一封信仔
寄歸屋下

銅像

偉人企在歷史个適中
過路个汽車繞等圓環

野鴿子看到銅像
定定地飛下來
嵌到偉人个肩頭
同佢作伴

銅像著整齊个中山裝
皮鞋若金
故鄉係麼个
何等地遠啊……濛濛看毋清

游移

天時盡靚
正經愛出門做禮拜
忽然間精神愕愕拙拙
腳筋游移
像分索仔綏等一樣
行路無像行路

親愛个主啊！
求祢勸退忌妒𠊎行動
扯等𠊎思想个靈
奉主耶穌基督个名，阿門

膽膽大

八七水災該年
倕還細
印象迷迷濛濛
規園仔芎蕉樹拗斷利利
第一次看著颱風个壞脾氣

大水柴　橫橫杈杈
杈杈橫橫　擋大橋
親像乞食仔怙个杖仔
放分河壩沖走去

阿爸蒔禾頭
仰般收割爆米花
阿伯種柚仔
仰般摘著粒粒土石

天時吂放晴
有麼个就食麼个
炒蘿蔔乾　煲蕃薯湯　綁番豆

大水沒忒膝頭
腳脝束束無觸地
心肝浮浮冇冇毋實在
睡目睡到半夜發晴盲
好在阿母
燒暖个乳姑揞過來
同𠊎惜　同𠊎膽膽大　膽膽大

媽祖魚

偓係白海豚
偓个偏名係──媽祖魚

初初攏聽人講：
媽祖魚亦聰明
衝捯壁自家會轉彎

無唔錯
偓會自家換氣
洄游台灣濁流

過河壩

若膝頭跪捯个地方
係摩西帶領百姓過紅海
流浪四十年个曠野

佢等个心
有時硬、有時軟弱
想達到神个國
百姓食咧盡多苦
行過好多冤枉路

褲腳捲起來
有三人會牽汝過河壩
手扐穩來
跋上岸頂

夢醒時節
鼻若个手心
有些把牛筋草个味緒麼？

斷烏

瘦瘦个狗仔
跑到攤仔底下絡食
黃昏市場
遽遽就斷烏矣

撈戲腳个伯婆伯母
滿足个樣神
行出老戲院
街肚一排電火就撚著 keˇ

撈菜尾个時間一開放
扁扁个家濟仔就飽滿 neˇ
菜市場遽遽就斷烏矣

鷂婆

鷂婆
翼胛翹翹
閃開危險个煙囪
避開橫打直過个大馬路

鷂婆
目珠金金
毋食五里雞
目標遠又高

神祕个鳥鷂婆
恬恬me′唱歌
繞過紙鳶仔个身邊
飛過田舍
飛過大河壩

飽滿个聲音

伯婆每餐都愛謝飯
祈禱：
神恩个上帝阿爸
感謝你賜分倨這餐飯

啊！屋內肚淨淨佢自家
若爸係奈儕呢？
原來伯婆係上帝个妹仔
難怪兩盤青菜
變到盡爍盡澎湃

系列四　旅行足跡

巴列霍 Vallejo 的故鄉

1. 法螺

揹法螺的人
穿戴安地斯山民服
揹著狂野，一路與我們同行

法螺識途
爬過原始的高山又一座美麗的高山

法螺下車
一會兒朝曠野寂寞的小花，吹奏
向剷平的道路上綁頭巾的路跑者，吹響

向東
法螺為層層疊疊苦悶素顏的土角厝祈福
向西
呼喚走失絕望的奔牛和羊群
向南

讚嘆詩人縹緲又神祕的故鄉
號角向北　將找回被禁錮離散的民心

2. 拉茶

山巒　暫停旋轉
聚落依舊邈邈
大車　暫停前進
停止的風景
好像患了輕微的高山症
深深地呼吸一口碧綠的空氣

喝一杯溫熱的拉茶
喝著古柯葉的苦
喝著昆蟲的眼淚
喝一杯搗碎安地斯山脈的膽汁

似乎可以讓風景的腦袋清醒的拉茶
是以彩虹的弧度拉提出來的高度
透明黏稠
沒有思想語言的泡沫和雜質

3. 稀奇的孩子們

山城等候詩歌節的來臨，已久
學生們排練迎賓舞曲，多時

婦孺倚著門邊
太陽擠出一道縫隙，觀看
微笑趴在窗檯上

詩歌節熱熱鬧鬧地結束了
活潑和快樂久久不散
蜂擁而來，要求簽名

我簽台灣之名
畫一條旋藤的甘藷
用島嶼的聲音問安
學生們聽見了，都感覺稀奇

4. 日出山城

抱一線希望早起
看　聖地牙哥德丘科的日出

一顆熟睡的流星
從最佳的視角
秒速跌落黑暗鬼魅的郊外

不多時
日頭從　巴列霍的墓園
悄悄爬昇

5. 守安息日的清晨

晨光的鋒芒逼視眼瞼
公雞引頸朝它喔喔啼
驢子揹著財物噠噠出城
手推車駛暗力慣性地爬坡
橘子香蕉煮熟的玉米在車斗滾動

當山城的尖塔刺向太陽
教堂的神父撥開餅乾
信心的人們吃著基督破碎的身體

6. 男孩的黑皮鞋

孤獨的丘科
黃昏的山城，偶雨
男孩朗誦著巴列霍的詩
聲波從他黑瘦明亮的眼神竄流

雙手交叉，撫觸囚禁過的胸膛
不時托住下顎，抬頭
向天井邀月
止不住顫動的嘴唇
像築巢的飛鳥啣著一朵黃玫瑰

男孩黑色的舊皮鞋
蹭蹬兩聲
我裸露的心哪！在地板上癲狂

7. 遊街

抵達一個城市
詩人又把摺疊好的國旗展開
興奮時，將布旗擁抱自己的身體

獅子旗　還在前進的隊伍中沉睡
街道開始在怒吼

象徵自由威權與責任的老鷹旗幟
盤旋在我們的頭頂
陽光　這裡　那裡　照耀著

台灣，你們在哪裡？
在這裡（我剁下一片中南美桔皮）
台灣，你們在哪裡？
Presente（西班牙的舌尖讚聲）
台灣，你們在哪裡？
Presente（我咀嚼著高冷的甜甘蔗）

註：Presente，在這裡，西班牙語。

8. 牽著故鄉的女孩
──寫祕魯 Vallejo（巴列霍）的鄰居

照顧弟弟的白淨小女孩
牽著她的弟弟到處跑

出現在我們遊行的隊伍裡
在早餐店，在菜市場
在巴列霍紀念館的屋簷下

晚會，頒發結業證書的康樂場所
小女孩牽著她的弟弟出現在那裡

將來長大後，我想
小女孩會成為一位健美又熱忱
微笑時露出皓齒的小姐
我想，她必樂意唱故鄉的歌

她必暢談家鄉事
甚至解說 2017 那一年，冬天
六個來自亞細亞
喜歡巴列霍 Vallejo 的台灣詩人
拜訪過她們的故鄉

女孩一面牽著她的弟弟
一面追趕三輪計程車
這時我們正前往巴列霍長眠的墓園

聖地牙哥德丘科（Santiago de Chuco）
巴列霍的墳塚邊邊，冒出酢醬草
牽著故鄉的女孩說遇見了幸運草

小美人魚

花崗石上
小美人魚銅雕
坐姿依然優雅

小美人魚擁抱童話世界
擁抱恬靜與浪漫
擁抱哥本哈根長堤公園的海灣

旅客的眼光
擁抱她的愛情故事
她的憂鬱
擁抱我

一隻展翅的海鷗
奮身向她泅泳
擁抱被浪花濺濕的肩膀

也許是王子的化身
安徒生童話
再度上岸
救起
小美人魚的愛情

冰島鹽湖浴

乾渴的舌頭
舔出鹽分的語言
肌膚沒有新的傷口
仍舊期待鹽浴的療效

抓一把白色泥漿
這特調的面膜
是從地熱噴發的冰與火
人人塗抹自己的臉

白色的妳你　白色的我　白色的她他
彼此看過來看過去
並不像台灣現代史所指證的那麼恐怖

耳朵聽過來聽過去
嘴巴說過來說過去
並不像有耳無嘴互相訕笑的年代

我泡浸在地熱噴發的冰與火
學北海鱈魚漂浮浴場
似有一股鹽的力量
輕輕地將我推出水面

冰島極光

天哪
那可是一道極光
是不？

眼睛還在懷疑的片刻
極光
出現了
好運氣歸於好天氣

螢光綠的墨汁
英文字母書寫在天上
一閃
即
逝
啊！我的天哪

挪威瞭望台

記住了峽灣地名
忘了美麗的地形

記住了這個風景
叫做Trollstigen og Stigfossen
忘了開口發出讚嘆的地方

太陽撥開岩石上的濃霧
看見了瞭望台
看見了走過的100公里
看見了11道Z字型的老鷹公路

登山旅遊確實像老鷹的飛行
飛過髮夾彎
飛過U字型精靈公路
漸漸飛下來

一家精靈餐廳
等候著我們善良的精靈來用餐

一把空椅子

挪威奧斯陸的廣場
雕塑一對展翅的天鵝
仰天
象徵和平與勇氣

諾貝爾和平獎設在挪威
禮堂的空間布置
走親民風格
是國王頒獎的榮譽

一張椅子
空蕩蕩地囚禁禮堂
一張椅子
空蕩蕩地留給中國
未能出席的劉曉波

觀光客很是擁擠

大西洋海濱公路

好像要親自觸摸大西洋的肌膚一樣
這是令人期待的下一站

經過布滿礁岩的一條海濱公路
小島一座又一座的聯結成
八個弧形橋

好像滑雪的跳台一樣
拱起來
挑戰我視覺的極限

一塊紀念碑
承受地土意外失足海底
孤魂從海的末端
能看穿海的起源

瓜達亞納河

旅人從羅馬古橋
走過來又走過去
從前的航海家
出了西班牙
又進入瓜達亞納河

瓜達亞納河
搖曳的菅芒花
和故鄉岸上的一樣樣

瓜達亞納河
朵朵葡萄色的薊花
和故鄉野地裡的一樣樣

我旅行的足跡
出了瓜達亞納河
進入紫色的葡萄牙

系列五　閱讀與討論

附錄一：閱讀利玉芳作品
——笠友會

時間：2017年5月16日午後2點30分
地點：台北市客家圖書影音中心
出席：劉嘉玲、利玉芳、李魁賢、黃騰輝、蔡榮勇、賴
　　　秀菊、蔡佩臻、陳秀珍、楊淇竹、陳美燕、葉益
　　　青、許世賢、林鷺、莊紫蓉
筆錄：莊紫蓉

獵霧記

1. 登霧台

通往霧台的路上
舊日的鐵線吊橋
猶在童年跪爬的水影下
混濁　尖叫　暈眩　搖晃

三地門不設關卡
順利通行
隘寮溪沒有隘口

名叫什麼颱風來的
怒氣扭斷了橋梁
人民在挫敗中再築起新橋
連結原生的土地

這座霧霧的山頂
可是當年由故鄉仰望
老鷹展翅上騰的高山嗎

櫻花路已含苞蕊蕊
確信春天
攀登了霧台的枝頭

2. 獵寮夜宿

神　好像替我們預備了家
輕輕鬆鬆推開
門很窄　路細長

嗚～嗚～嗚　老闆娘我們來了
您好！
Sahbow！Sahbow
獵寮歡迎我們
這裡不怕被外人打擾的地方

3. 屋脊上的勇士

勇士的塑像看守屋脊
臉龐像似女主人
象徵夫妻合為一體吧
飄動的長髮
逆風中廝守長長久久吧

象徵受過祖靈祝福的眼睛
琉璃般發亮著
每一分每一秒　都是等候

等候　揹著喜悅回寮
等候　屋脊升起煙霧信號
勇士等候族人登門祝福

4. 大姆姆山

軟綿綿的雲喲
紫色灰色朵朵玫瑰色
慈恩的雲
遮蓋大姆姆山

大姆姆隆起的山丘
飽滿的乳房
掩護著出沒的生靈

輕功飛奔的雲
玫瑰色的雲喲
慈恩的大姆姆鬆解衣襟
微風下有了動靜

5. 小百合的淚水

星星很久沒出現夜空了
想尋覓霧台上點點閃耀
淺酌兩杯

卡拉瓦太太走過來
跟我們說話
強調魯凱族人不愛喝酒
這話使我的酒杯翻轉
又說
空酒瓶是一排愚笨的吊飾
濃濃的小米酒
泡過歌舞
泡過部落的悲喜
酒一不小心
就會泡出小百合的淚水

6. 教堂屋頂上的小孩

有小孩站立霧台至高點
教堂的屋頂上

石板屋頂上
大幅的人體活雕
一群工人
使勁拉著固定樑柱的粗繩
繩的尾端
小孩也努力的拉著

原來是工作的父親
留一段　形式主義的繩索
讓孩童小小的心靈觸摸
把玩　動工榮耀的居所

7. 台灣愛玉子

台灣愛玉子
何等斯文的名字
這等野性植物
能夠攀爬三層樓高

愛玉子授粉
透過共生的小蜂媒
在公花母花之間忙碌
傳播辛酸與浪漫

霧台霧霧的黃昏
難得Q彈剔透
品嘗一碗
蜂蜜檸檬愛玉子吧

8. 掩面雄鷹

土石流發出詭異的合音
亂了　魯凱族人的舞步
橋斷　部落　失聯

與大自然搏鬥的民族
挫敗再一次記在他們頭上

一隻雄鷹鎮定拍翅
引導怪手
引導直升機
引導推土機拯救霧台

救災開路救災
翅膀飛過泥濘
飛過受傷的孤島

連日緊繃的翅膀
終於放下沉重的擔子
垂在風中掩面哭泣

9. 黑貓木雕

枯枝圍起的家
石頭雕琢過寂寞
木頭刨光了空虛

生命象徵的藝品
倚立牆角　安置花園

一隻黑貓木雕藝品
展示櫃台上
夜裡發亮的眼睛
仰望
魯凱祖父求精的藝術神情

藝品忽然顫動　弓起身軀
剎那間　一團霧影
躍入卡拉瓦太太編織的搖籃裡

劉嘉玲主任:

　　歡迎各位的蒞臨!很高興能夠邀請到利玉芳老師來分享她
的作品,也很歡迎大家經常利用我們的場地。謝謝大家!

楊淇竹:

　　利玉芳老師的詩,常帶來驚艷,特別有關旅行後的創作,
此次〈獵霧記〉系列9首即為例,引領讀者感官,尋訪山林間
對話,然而,霧來霧去,獵人的心呢?
　　疑問追索詩,提問繁衍而生。

利玉芳:

　　這次我在笠友會提出來的作品是刊登在318期笠詩刊
的9篇作品。這系列作品的名稱:〈獵霧記〉,淇竹的發問很
有趣:「霧來霧去,獵人的心呢?」。我娘家在內埔鄉,山上
就是霧台,小時候常看到山上老鷹飛翔,心裡想著:「老鷹要
飛往哪裡?」有時候覺得沒有寫故鄉,對不起童年,也對不
起故鄉。和林鷺相約登霧台,到了這個地方,小時候的印象
又重現了。
　　我的詩多半配合生活、記憶、思想,也有觀景憑空的想
像。第一首〈登霧台〉裡寫了吊橋,小時候那搖搖晃晃的鐵線

吊橋，需管制上橋的人數，走在吊橋，開始搖晃就「尖叫　暈眩」我又加上「混濁」，那是成年之後的現在，對於存在的社會性的感覺，而「搖晃」是一種不穩定的狀態。

早期三地門上面隘寮溪有隘口，現在則沒有隘口了，所以通行很順利。這次有這個機緣和林鷺搭計程車一起上去，是我第一次登上霧台。上去霧台會經過一座橋，遇到颱風，橋經常會斷，若政府輔導住民遷村，原住民心理上是有掙扎的，寧可「人民在挫敗中再築起新橋／連結原生的土地」，為了工作需要，現在很多魯凱族、排灣族都搬到平地或內埔，適應住樓房的高度。

第一首〈登霧台〉有句「這座霧霧的山頂」，涵義述說只知道大武山、三地門山，不知道什麼叫「阿猴富士山」、或傳說中「德文山背後的內埔」，所以「霧頭山」也是「霧台山」的由來。我把老鷹的印象帶下來，童年的村莊有「老鷹來了要抓小雞」的固定印象，尤其是母雞危急當時，老人家會找「kie kia」丟過去。「雞祛 kie kia」是用竹節剖成好多細條做成的一種工具，擲出去有響亮聲音的竹把。（記得我媽媽說過，人不可以用「雞祛」掃跛腳雞，有憐憫同情之意。）

淇竹問到「老鷹展翅上騰」，亦有神聖的意味。

終於來到霧台，以前日本人在那裡種了很多櫻花，準備從霧台開通一條路到台東，後來沒有開通。「櫻花路已含苞蕊蕊」，春天真的來了。

第二首〈獵寮夜宿〉，獵寮是我們住宿的地方，「寮」好

像是比較簡陋的居處，但是也可以過夜。詩中的「Sahbow！」是魯凱族的歡迎語。「這裡不怕被外人打擾的地方」，所謂的「外人」，我把自己當作外人，我們是「客」，到了這裡，他們的語言「Sahbow！」是主位，我們說「您好」不管是北京話或客家話，都是外語。

楊淇竹：

獵寮，確定位置，入宿此刻，詩人聯想到神，門，成為叩問對象，門通往獵戶家，亦通往神的國度，叩叩叩，神容納眾人留宿。請問利玉芳老師，詩中常有出現神的意象，或介入詩的語言符號，寫作過程中，您如何將抽象「神」的概念，融入詩？我相當喜歡這部分，巧妙，不失突兀，共鳴心靈信仰。

利玉芳：

我很怕回答這樣的問題，因為「神」是突然降臨的感覺。不過，2010 年之後，我創作時喜歡把神的語言放進去，可能是聖經的美意。我在國家文學館看到李魁賢老師的筆跡展示，也有祈禱文字，使作家的心靈有了昇華。

我們住的獵寮是石板屋、矮矮的頁岩石，是當地的建材，橫的排列漸進疊起來比較堅固。老闆娘說這裡不鋪柏油路，不然路就不能呼吸了。那條石頭路細細長長的，推開窄小的

門，裡面的花園種了很多種原住民喜歡的花。

蔡榮勇：

「寮」，是簡單的屋舍，有的只用來放工具，有的可以居住，原住民也用來開會。

黃騰輝：

我們這裡的「寮」指的是低級的屋子，在日本，「寮」是高級的，團體住宿的地方，譬如公司服務的員工出差時團體住宿的居所，裡面設備非常好，有撞球、賭博等等設備，也有販賣糧食、日用品的地方。學生團體住宿的地方，也叫做「寮」，裡面設備不錯，算是中上級的住處。

利玉芳：

我們住的獵寮是一間民宿，走進去的路不是直線的，就景觀設計原理來說，稍微彎曲，路顯得很長：「門很窄　路細長」，這也是神講過的話。淇竹說很喜歡這個部分，是哪個部分？

楊淇竹：

讀利玉芳老師的作品，常會有不經意的場景，不是很突兀，讓讀者馬上去聯想，窄門、路細長、神為我們預備了家。我想請問老師的是，為什麼會想要寫這個主題。

利玉芳：

我們寫作時不要硬是要湊什麼，心裡有什麼很想表達，技巧不夠的話，變成越描越黑，那就是心裡還沒有產生共鳴。

蔡榮勇：

這首詩第一句「神　好像替我們預備了家」，這是聖經常常說的一句話，接下去「門很窄　路細長」，很自然。

黃騰輝：

前面三行很短，情調還不錯。「路細長」，我會寫成「路很瘦」。「瘦」，表示不豐富，這和一般的講話比較不一樣，表現詩人特別之處。

蔡榮勇：

如果用「瘦」字，和前面比較不合。門很窄，路很細長，而詩人的心是開闊、快樂的。

黃騰輝：

不是很豪華的飯店，但是住起來會很舒服的地方。

蔡榮勇：

是有那種感覺。路很細小，但是心很寬大，因為有神為我們準備了一個很美麗的住處。

利玉芳：

這也是我寫這個題目主要想解釋的。霧台是一座山，一個小小部落，我是要把這座山─霧台─擴大，心靈也要自由一點，用「寮」，心靈會比較放鬆。

第三首〈屋脊上的勇士〉，那個塑像很大，是這間民宿的男主人自己塑的，他們是藝術家庭，女主人解釋說那個塑像的臉龐是她先生看著她的臉型雕塑的，其他的眼神、頭髮是她先生的，我就聯想為「夫妻合為一體」。她說，魯凱族男子要狩

獵六頭山豬換一朵百合花才是勇士。結婚的禮服也呈現純潔的百合花！魯凱族的門、窗都用琉璃的圖騰來顯示，這位勇士雕像的眼睛「琉璃般發亮著」，感覺是「祖靈祝福的眼睛」。

楊淇竹：

等候，一種時間過度，期待勇士歸來，時間，在詩中延展，短暫與恆常。〈屋脊上的勇士〉呈現時間片段的此與彼，您如何感受時間的分差，來營造此「等待」，我相信等待是漫長，特別是等待勇士歸來，時間在等待者和被等待形成兩條互相拉扯的時序，時間感知成為詩重要聚焦，您在「等待」中，看見了什麼？

利玉芳：

因為是詩，有一點跳躍式的。我不是獵人，我是用觀察者的身分來猜測他的想法。他其實是很安靜的，門外有什麼動靜、狗在吠，他是會注意的。他的安靜，其實也是等待—期待什麼動靜出現，這種寂寞的等待是有期盼的。

我們一進門，男主人就坐在櫃台，自顧做自己的事，好像我們不是他生活中的「獵物」。瞭解他是金牛座，個性穩重，對藝術有天分且執著。他的漢名是杜再福，美術雜誌刊過這名字，他的魯凱族名Kalawa，這兩天都是杜太太跟我們講

話，他只是默默地開車載我們參觀自家的博物館又把我們再回獵寮。

住宿有機會觀察現象，例如寫出「等候」是有理由背景的，等候什麼？「等候　揹著喜悅回寮」，這個「喜悅」不寫「山豬」，而是揹著喜悅回來。其實現在沒有甚麼山豬了。原住民有休養山林自覺的意識。「屋脊升起煙霧信號」，開始燒開水準備殺豬放血拔毛，若傳開豬的尖叫聲，部落的人看到升起的煙霧，親族會登寮去給予祝福，還可以一起分享。

楊淇竹：

第四首〈大姆姆山〉，女性符號與山，您在處理〈大姆姆山〉刻意將山的意象投射在女性（或母性），營造大地之母，生氣勃勃，然而卻又將寬衣的騷動寫下來，造成閱讀滿腹疑問，利玉芳老師如何觀看大姆姆山？如此柔美「紫色灰色朵朵玫瑰色」雲相互輝映之下，營造什麼特殊氛圍？

利玉芳：

我們住的獵寮前面就是一座山，黃昏天還沒暗，我們就往下走。杜太太說：「不要再下去了，很晚了，馬上要回來喔！」她可能是要我們回去洗澡，可是在我聽起來，「不要再下去了」好像在他們生活中存在著某種危險或刺激的經驗？例

如獵徑、祖靈往生歇息的山林、通往鬼湖的門戶，我問出這座山名叫「大姆姆」，不知道是否正確？山形是個大 M 字，約有 2423 公尺高，「兩粒山」像女性的乳房，黃昏時色澤很美，變來變去，尤其灰色、紫色。紫色在客家意象裡是茄子色，非常漂亮，因為有雲的關係，帶進玫瑰色、灰色。我故意把她女性化，所以變成溫柔慈恩的雲。我一開始定「大姆姆」這個題目，就設定為女性了，「大姆姆隆起的山丘」將山丘做為乳房飽滿的意象，因為被雲掩住了，看不見，就想像「掩護著出沒的生靈」，這還需要求證，就依照杜太太的說法，用歌頌、語詞重疊的方式來寫，雲會輕功、會飛的，「玫瑰色的雲」、「慈恩的大姆姆」——

「慈恩的大姆姆鬆解衣襟」乳房是餵養孩子的，有個人過去自然動作的經驗，「微風下有了動靜」有什麼動靜？就由讀者自己去想像。

黃昏的紫色溫柔，人也要把疲倦慢慢放下，展現生命的柔度。

李魁賢：

這首詩，時程的流動順序，第二段應該是最後才對，以雲和山的對比來講，原先雲遮蓋了大姆姆山，然後「鬆解衣襟」雲慢慢退去，最後山（乳房）才浮現出來。這樣順序顛倒，如果還沒有鬆解衣襟之前，應該是看不到「乳房」。妳講

的那個意象很棒—鬆解衣襟—其實是雲離開了。

利玉芳：

可能我們一開始先看到乳房，才看到山，那是非常特殊的。實際上我們在那裡看山的時間很短，大約十幾分鐘而已。回來之後，野心比較大，把他當作一個主題，看她的顏色，把一些自己的想法、小細節湊起來寫，當然有其不足。

黃騰輝：

這是妳的一個特長，女性的那種美，有時候不明講，這麼提一下，讓男性「哈」一下就跑掉。「大姆姆鬆解衣襟」，接著「微風下有了動靜」，讓你去想像。這就是妳的詩的奧妙和功力高的地方。讀妳以前的詩〈嫁〉、〈醉〉，我到現在還在醉。

利玉芳：

黃騰輝詩人曾經說我，「妳的一首〈嫁〉，我都還沒讀完，妳就當阿嬤了。」
第五首〈小百合的淚水〉，淇竹也想提問？

楊淇竹：

淚融合於酒，苦澀雜陳，美麗百合花，原是魯凱象徵，在詩人眼中，意外與小米酒相連，〈小百合的淚水〉悲喜交加，在詩人手拿的杯中酒，在裝瓶釀造的米酒，在年年盛開的百合，意象轉折，此詩真摯完美，文化境遷於淺酌，發酵，相當好奇您如何在做客中，感到文化的傷逝？

利玉芳：

和卡拉瓦太太談話時有一點覺得滿感動的地方，就寫了〈小百合的淚水〉。其實，我們很久都看不見山了，霧霧的，上了山又沒有看到星星，自然生態的改變，空氣果然霧霧的。已經晚上了，想喝酒輕鬆一下，可是卡拉瓦太太走過來說她不會跟我們一起喝酒，她說魯凱族人不愛喝酒。不知道這是真是假，讓我嚇一跳，我的制式概念是原住民愛喝酒，排灣族人會喝酒，很嗨，沒想到她說魯凱族不愛喝酒，不知道有什麼特別原因嗎？是發生過太嗨了流出眼淚、把悲的、喜的事情都講出來？怕民族性，酒一喝下肚，甚麼話都講，也跳起舞來了，如果一不小心，小百合的眼淚就會流出來。

我覺得她說魯凱族人不愛喝酒，有她的控制意義，她還強調說：「我們魯凱族不愛喝酒，是排灣族愛喝酒，我們跟他們是不一樣的。」霧台的魯凱族和三地門的排灣族，個性、習俗

稍有不同。聽她這麼說，我就相信了。

李魁賢：

妳的詩可以反駁魯凱族不愛喝酒的說法，不愛喝酒為什麼會有「濃濃的小米酒」？原住民很幽默，她說不愛喝酒是說反話。有一次原住民達賴在一個環保運動的公開場合講話，當時大家反對美濃建水庫，他卻站起來說：「我贊成！把水壩蓋在二樓。」所以，我相信卡拉瓦太太是在說笑。

利玉芳：

你猜對了。「空酒瓶是一排愚笨的吊飾」，也有調侃自己愚笨的意味。

陳美燕：

一般來說，小百合是比較日式的名字，不是原住民慣常使用的名字，「小百合」這3個字有沒有指回憶日本統治時期？有沒有特別的意義？百合花和百步蛇是魯凱族的象徵，您詩中的小百合是魯凱的嗎？

利玉芳：

　　是魯凱族的，新娘的花冠是百合花。這首詩裡，「小百合」是指尚未結婚的姑娘。

　　霧台最高點建了一座美麗的教堂，最上面有個大型的人體活雕，我注意到一群工人拉著很粗的大繩子，有個還未上學的小孩子拉著小小的一根短短的繩子。杜太太說，當時工作的工人當中，有個爸爸還需要照顧小孩子，就拿一條繩子給小孩拉，讓小孩有參與感，一邊工作一邊可以照顧安撫小孩。看到這座教堂的雕像，聽了杜太太的解說，我就寫了〈教堂屋頂上的小孩〉這首詩。

　　我們到霧台吃了當地的粽子，裡麵包魚乾，很特殊，還吃了愛玉子。愛玉子的名字很斯文，卻很野性，我們買了一碗來吃，很好吃。〈台灣愛玉子〉這首詩，我特意將「台灣」放進去，表示這是台灣特有的植物。「霧台霧霧的黃昏」這時候是黃昏，又把「霧霧」兩個字帶進來了。加了蜂蜜檸檬的愛玉，酸酸甜甜的，和前面的「小蜂媒」、「辛酸」連接在一起了。

　　上次颱風發生土石流，對霧台造成很大的災害，內埔農工有很大的操場，救災時，直昇機從那裡起飛，一趟一趟地飛到霧台救原住民下來，直昇機曾經失事，〈掩面雄鷹〉這首詩是紀念那些受傷、或被土石流掩埋的人。「鷹」是指老鷹，也象徵救災時不幸犧牲的英雄，霧台教堂後面豎立一隻老鷹。八八

風災，霧台幾乎變成孤島，不遷村，就一定要拯救。直昇機吊怪手、推土機等大型機器上去挖開泥濘，終於靜默地放下沈重的擔子，片刻才想起哭泣。觸景傷情而寫成〈掩面雄鷹〉。除了教堂後面那隻鷹之外，我們住的獵寮小花園裡，男主人做了一個直昇機的灑水器來澆花，還吊掛著玩具小怪手，他解說傷痕永不忘記。

楊淇竹：

貓，仍是您創作關注主題，木雕黑貓的神氣活現，也在詩裡耀動，想請問老師如何在空間安排動／靜交錯物體？木雕師傅進行的工作雖屬動，但安靜創作空間背景，是第一段說明木頭來源到木雕師傅刻工時的寂靜延伸，前三段靜默氣息，就在黑貓耀動中，突然打破，造成驚奇，擄獲讀者目光，趣味十足。

利玉芳：

我以前寫貓，這首詩得過吳濁流新詩正獎，一本中、英、日翻譯文《貓》詩集得了陳秀喜詩獎，有人問：「妳是喜歡貓嗎？」，我很久沒有寫貓的題材了，現在這隻黑色的貓，兩隻眼睛發亮，精靈可愛，首段始寫木雕是要表現貓姿的靜態，也感念魯凱族祖父的藝術不能失傳。末段貓忽然顫動，跳到卡拉

瓦太太編織的搖籃裡。的確是有嬰兒搖籃，但不是在獵寮，我
把它措置處理而結合在一起。

　　貓仰頭的姿勢，像出自男主人兒子的銅雕。我問：「媲美
撒古流的作品！」男主人聽我提到撒古流，就開始和我說話。

　　這趟旅行，是林鷺和我一起去的，請林鷺來談一下。

林鷺：

　　這趟旅程是臨時起意的，「霧台」這名字很美，我們說
說就決定去了。本來我們想搭巴士，但是遇到一個計程車司
機，很熱情，於是就請他載我們上霧台。到霧台已經接近中
午，找不到東西吃，經當地人指引，去了一家原住民的小吃
店，品嚐原住民風味特別的粽子。由於我們住的民宿沒有提供
晚餐，所以就順便跟店家訂了晚餐帶走。

　　這間民宿很漂亮，是屋主自己蓋的，種了很多九重葛，我
們住在二樓。那房子的屋脊其實是個畫像，看起來是個一頭長
髮的男生，把自己的身體變成向上仰望的屋脊，很是浪漫。我
感覺那個意象是：他想要用自己的身心去保護他的家人。

　　民宿主人收藏很多藝術品，洗澡水燒柴火，煙囪從他家的
下面通到上面，洗澡時會看到炊煙裊裊的美麗景象。我和玉芳
很享受那樣的小旅行，她不斷做筆記，我不停照相。我就知道
她下山以後必定會有驚人的作品，事實也是如此。

利玉芳：

當地人口不多，有霧台國小，沒有中學了。

許世賢：

那裡有咖啡館嗎？

利玉芳：

走上教堂沿路有好多咖啡館。平常遊客很多，我們去的時候不是假日。

李魁賢：

吳潛誠在世時，曾經著文推舉地誌詩的寫作；這幾年來民視電視公司策劃拍攝「飛閱文學地景」節目，似乎也注目到類似的關懷。

地誌詩大概可分二個面向：一個是本土／在地面向，描寫家鄉，或是生長、生活的地方，作者呼吸與共的最熟悉地景和人物，與詩人形成生命共同體，是詩人投注心力歌之詠之的對象，著墨較深，詠景詩和／或詠物詩等抒情詩大都於此取材；另一個是異域／外地面向，通常較少接觸的地方，旅行所

至，因新奇感，突起詩興，急就成章，但異客心情，所見較易呈現表象風景，見木不見林，紀遊詩大都偏向此種現象。

　　新奇感是詩興的主要來源之一，也成為詩的特質，新奇感有時與陌生話相連接。二十世紀初俄國形式主義學者什克洛夫斯基（Shklovsky）的陌生化（Defamiliarization）理論，是要把日常世俗現象，以創新思惟重新觀察、感受、詮釋，甚至以非通俗敘述方式，進行特殊性文字表達的策略，加以表現。其實，講白一點，陌生化理論不過就是說陌生話，才能產生新奇感，往往就此產生詩的趣味性。在陌生的異域／外地，所見所聞率皆陌生，自然容易出現陌生意念，描述陌生具象事物。所以，陌生化需要變造，對通俗性的事物，藉內向性的觀照，假以反常敘述；陌生話則需要觀察，針對非尋常事物，發現其特質，表達出意義。台灣有些詩人或學者，對陌生化有所誤解，他們不從思考的陌生化，而是從文字的陌生化去談，以為語詞特殊、很少人用到的語言，或是自己創造、不相關的湊在一起創造一個新的詞，認為就是陌生化。這是錯誤的，因為那種陌生化是造作的，根本不是陌生化，變成沒有意義的一種表達方式。所以很多在談論陌生化的，我覺得是誤解。陌生化理論不過是講陌生話，譬如「路很瘦」（路很窄）、「踢到地球」（踢到石頭），意義本身是一樣的，表達不同，感覺很新奇，詩的趣味性就出來了。這種新奇感，往往是看到的事物，透過思維，把不一樣的經驗連接起來，其實和詩的創造經過是一樣的。觀察到的事物可能不一樣，思考的出發點或許不

同，表達方式不同，其實就是這樣而已。所以，陌生化有他的立論基礎。

利玉芳這組詩《獵霧記》的特點在於，兼具本土／在地與異域／外地兩個面向的可能性，本土面向是因為地理空間在台灣大故鄉，詩人生於斯長於斯的土地；異域面向是因為描寫的景觀在偏向較高海拔的山地，是原住民文化優勢地區，與長時生活在平地的詩人見聞，多少有些出入。

所以，從鐵線吊橋、老鷹展翅、霧霧的山頂、獵寮、屋脊上的塑像、石板屋、霧台霧霧的黃昏，這些平地人眼中的陌生風景，到揹著喜悅（獵物）、屋脊升起煙霧信號、勇士等候族人登門祝福、濃濃的小米酒、工人使勁拉著固定梁柱的粗繩（剛才利玉芳說工人爸爸在哄騙小孩，我說，大人是不是被孩子騙了？她所描寫的很多往往有兩種可能性。）、土石流，都是平地人少經歷到的生活，至於 Sahbow 的語言、喝酒歌舞的習俗、自家建房子的能耐、遭受風災震災重建的辛酸、卡拉瓦太太編織的搖籃等器物，莫不顯示陌生的文化現象。

對於一位初到陌生地方旅行的遊客，除了外地事物的新奇感外，心理上的衝擊應有某種程度的顯現，像過鐵線吊橋時「尖叫暈眩搖晃」的驚懼；「三地門不設關卡」和「隘寮溪沒有隘口」應然而未然的意外，一方面可能是想像中的應然，另方面也可能因歷史條件改變而未然；「門很窄路細長」，與生活經驗不同的異樣情境；「魯凱族人不愛喝酒」，也似乎與習知固定印象有違，若不愛喝酒，怎麼會有「空酒瓶是一排愚笨

的吊飾」，這項疑惑甚至使詩人「酒杯翻轉」，明顯有嘲弄或
解嘲的意味。

在這組地誌詩的書寫中，詩人對霧台山地的安靜生活居
地和堅忍生命力，有相當肯定的認同和著墨，例如〈登霧
台〉：「人民在挫敗中再築起新橋／連結原生的土地」、
「櫻花路已含苞蕊蕊／確信春天／攀登了霧台的枝頭」；
〈獵寮夜宿〉：「獵寮歡迎我們／這裡不怕被外人打擾的地
方」；〈屋脊上的勇士〉：「飄動的長髮／逆風中廝守長長久
久吧」；〈大姆姆山〉：「大姆姆隆起的山丘／飽滿的乳房／
掩護著出沒的生靈」；〈小百合的淚水〉：「星星很久沒出現
夜空了／想尋覓霧台上點點閃耀／淺酌兩杯」；〈教堂屋頂上
的小孩〉：「原來是工作的父親／留一段形式主義的繩索／讓
孩童小小的心靈觸摸／把玩動工榮耀的居所」；〈台灣愛玉
子〉：「霧台霧霧的黃昏／難得Q彈剔透／品嘗一碗／蜂蜜
檸檬愛玉子吧」；〈掩面雄鷹〉：從「與大自然搏鬥的民族／
挫敗再一次記在他們頭上」，到「連日緊繃的翅膀／終於放下
沉重的擔子／垂在風中掩面哭泣」，這是自我挑戰成功的喜
極而泣；最後在〈黑貓木雕〉裡：「一隻黑貓木雕藝品／展
示櫃台上／夜裡發亮的眼睛／仰望／魯凱祖父求精的藝術神
情」，更是讚譽原住民的藝術才華，進一步提升精神創造的生
命價值。

有人說詩的描寫不是意識，我反對這種說法，詩人寫詩是
用他的意識在寫詩，這個「意識」不是意識型態。意識是一個

詩人,透過他的文化素質、文化觀點、素養,用詩的技巧,訓練出內在的體質。所以,一個積極性思考的人,寫詩時積極性的力量就會跑出來;如果是消極性思考的人,就會跑出消極性。基本上,意識和批判會有關連,一個詩人如果根據他的意識在寫詩,絕對有他批判的觀點、批判的力量,這個批判靠生命力用文字語言表達出來。從利玉芳這組詩可以看出積極的面向力量更強。

地誌詩由表象的觀察進而深透內在的感應,似乎使遊客從異域/外地面向,翻轉到本土/在地面向的認同與融合,畢竟《獵霧記》裡所獵獲詩,異域/外地與本土/在地兩個面向,其實都涵蓋在大故鄉台灣的領土內。

我們看出利玉芳這組詩裡面,整個生命創作來到了一個高峰。

利玉芳:

我今天來聽到這些話,收穫很多。

蔡榮勇:

形式主義和畫圖有關係嗎?

李魁賢：

　　文學理論和美學理論都有相通之處，有時候稍有出入，譬如表現主義、新即物主義、現實主義、超現實主義，在文學表現和藝術表現有一些類似的地方，也有相異之處，表達的工具不同，文學是用文字；藝術用色彩、雕刻用石材，表達方式有點不大一樣，但是基本上的精神有共通之處。

林鷺：

　　很精彩的討論！謝謝大家！下次再會！

附錄二：淡水詩頁

李魁賢英譯

1. 紅毛城

常常因為一陣暴雨淡水河變汙濁
復原清澈的淡水

顯影 1629 年
頭髮紅紅的人說著西班牙語
他們在河岸的山丘上
建立聖多明哥城堡

1642 年淡水顯影
頭髮紅紅的人說著荷蘭話
他們開著戎克帆航向島嶼
把聖多明哥城堡更名安東尼堡

1867 年英國租借城堡做領事館
達一世紀之多

每當淡水夕照
山丘上的紅毛城渲染得更朱紅

2. 滬尾砲台

滬尾砲台上
火炮像隻隻盤旋的鷹
鷹眼俯視著河的動靜
守護島嶼門戶從不鬆懈的樣子

河域資源被侵犯過
水果、香料、木材滄桑過

也許
日本人不喜歡砲火殖民
拆除了清兵豎起的砲台
也許
命令星辰卸下盔甲
把光披戴淡水碼頭

3. 滬尾老街

遊走滬尾老街
有緣遇見時髦的藝人
聽流浪的風伴唱燒酒歌

傳教士有緣說淡水方言
新生代偶爾秀秀英文
沒有殖民語言這回事

若不趕路
就坐下來歇歇
欣賞河畔暮色洄游漁人碼頭
吃著老街的傳統
喝著滬尾的潮流
遠眺觀音山撥開雲霧的眼界
近看真理的彩虹懸掛愛之橋

4. 玻璃詩

餐廳外片片的玻璃門窗
是一張一張透明的稿紙
國際詩人連結在地詩人
將心中的淡水塗塗寫寫

書寫夕陽對於倒影審美的看法
書寫老榕樹與河堤固有的關係
殼牌倉庫緊鄰淡水捷運站
人來人往有說不完的故事

情侶漫漫步行淡水河
橘色的甜度與昏黃的熟度
倩影恰巧映照在玻璃窗上
瞬間，轉貼成一首首玻璃詩

5. 色彩的淡水倉庫

我以為你
貯藏燕麥與五穀
我以為你
貯藏棉花和麻布
敲一敲你的門
打開你的氣度

我以為你
是個打著領帶的富翁
我以為你
名片裡寫著諸多頭銜
走進你的木門
聞到歷史的香氣

還有茶香、還有咖啡香
慕名而來的過客

敲一敲你的門
有請
我以為念舊的你
只提供古物珍品和幽情

你卻不避諱
談一談星月走過的黯淡
說一說夕陽背地裡泛著淚光
如今紅磚牆壁掛著百幅油畫
畫色彩的淡水
畫熱鬧打拼的倉庫風景

1. Fort San Domingo

The Tamsui River turns into turbid by a rainstorm
then recovers to clear fresh water, frequently.

A picture displays that in 1629
the people with black hairs speaking Spanish
established the Fort San Domingo
on the hill beside the river bank.

Another picture displays that in 1642
the people with red hairs speaking Dutch
came to the port by junks
renamed the Fort San Domingo as Fort Antonio.

It became a concession territory in 1867
as British Consulate for one century long.

The red fort on the hill is rendered to vermilion

whenever during sunset at Tamsui.

2. Hobe* Fort

On the Hobe Fort

the cannons just like a flock of circling eagles

with eagle eyes overlooking the river situation

for guarding the island port, never slack off.

The resource of river basin has been invaded,

the fruits, spices and timbers have been plundered.

Perhaps

the Japanese disliked artillery colonization

by dismantling the fort erected by Manchu troops.

Perhaps

the stars have been ordered to unload the helmets

and thus distributing the light to Tamsui pier.

*Hobe is an ancient native name of Tamsui.

3. Hobe Old Street

Wandering around Hobe old street
it is happy to encounter a modern singer singing
the "song of drinking wine" accompanied by drifting wind.

It is happy to hear the priest speaking Tamsui accent.
The young generation occasionally shows their English
nothing to do with the colonized language.

If you do not hurry
please sit down to rest for a while,
appreciating the dusk scenery at riverside on fishery pier
tasting some traditional foods along old street
drinking Hobe new fashion tides
looking far up to the defogged vision of Mount Guanyin*
and staring at nearby the rainbow love bridge of Aletheia.

*Guanyin, the Bodhisattva of Compassion or Goddess of
Mercy（Sanskrit Avalokiteśvara）.

4. The Poems Written on the Panes

Glass panes outside the restaurant
are pieces of transparent manuscript papers.
International poets in company with local poets
write about Tamsui out of each own heart.

Writing about the sunset's view on the reflecting aesthetics,
the inherent relationship between the old banyan trees and
the embankment,
there are endless stories among the people to and fro
the Shell Story House close by MRT station.

Many couples of lovers wander along the Tamsui River
with an orange sweetness and a yellowish ripeness.

Various shadows happen to be reflected in the glass panes,
for a moment, transformed into respective poem thereon.

5. Colorful Tamsui Story House

I supposed
you are storing oats and grains
I supposed
you are storing cotton and linen
I knocked on your door
to open your tolerance

I supposed
you are a rich man wearing a neck-tie
I supposed
you have a lot of titles printed on your business card
As soon as stepping into your wooden door
a fragrance of history is smelled.

Attracted by the fragrances of tea and coffee

visitors frequently come here

to knock on your door

Welcome please

I supposed you are fond of traditional things

for only providing antiquities, precious objects and exquisite

feelings

You do not exclude to talk

about the darkness the moon and stars have been

about the tears appeared at backside of sunset

Today, hundreds of paintings are hung on the red brick wall

to represent the colorful Tsmsui

to represent the landscape of lively Story House

Translated by Lee Kuei-shien

含笑詩叢13　PG2027

 放生
　　——利玉芳詩集

作　　者	利玉芳
責任編輯	林昕平
圖文排版	周妤靜
封面設計	蔡瑋筠

出版策劃	釀出版
製作發行	秀威資訊科技股份有限公司
	114 台北市內湖區瑞光路76巷65號1樓
	電話：+886-2-2796-3638　傳真：+886-2-2796-1377
	服務信箱：service@showwe.com.tw
	http://www.showwe.com.tw
郵政劃撥	19563868　戶名：秀威資訊科技股份有限公司
展售門市	國家書店【松江門市】
	104 台北市中山區松江路209號1樓
	電話：+886-2-2518-0207　傳真：+886-2-2518-0778
網路訂購	秀威網路書店：https://store.showwe.tw
	國家網路書店：https://www.govbooks.com.tw
法律顧問	毛國樑　律師
總 經 銷	聯合發行股份有限公司
	231新北市新店區寶橋路235巷6弄6號4F
	電話：+886-2-2917-8022　傳真：+886-2-2915-6275

| 出版日期 | 2018年5月　BOD一版 |
| 定　　價 | 270元 |

國家圖書館出版品預行編目

放生：利玉芳詩集 / 利玉芳著. -- 一版. -- 臺北
市：釀出版, 2018.05
　　面；　公分. -- (含笑詩叢；13)
　　BOD版
　　ISBN 978-986-445-254-5(平裝)

851.486　　　　　　　　　　107004917

讀者回函卡

感謝您購買本書,為提升服務品質,請填妥以下資料,將讀者回函卡直接寄回或傳真本公司,收到您的寶貴意見後,我們會收藏記錄及檢討,謝謝!如您需要了解本公司最新出版書目、購書優惠或企劃活動,歡迎您上網查詢或下載相關資料:http:// www.showwe.com.tw

您購買的書名:＿＿＿＿＿＿＿＿＿＿＿＿＿＿＿＿＿＿＿＿＿＿＿＿

出生日期:＿＿＿＿＿年＿＿＿＿＿月＿＿＿＿＿日

學歷:□高中 (含) 以下　　□大專　　□研究所 (含) 以上

職業:□製造業　□金融業　□資訊業　□軍警　□傳播業　□自由業
　　　□服務業　□公務員　□教職　　□學生　□家管　　□其它＿＿＿

購書地點:□網路書店　□實體書店　□書展　□郵購　□贈閱　□其他

您從何得知本書的消息?

　□網路書店　□實體書店　□網路搜尋　□電子報　□書訊　□雜誌
　□傳播媒體　□親友推薦　□網站推薦　□部落格　□其他＿＿＿＿＿

您對本書的評價:(請填代號　1.非常滿意　2.滿意　3.尚可　4.再改進)

　封面設計＿＿＿　版面編排＿＿＿　內容＿＿＿　文／譯筆＿＿＿　價格＿＿＿

讀完書後您覺得:

　□很有收穫　□有收穫　□收穫不多　□沒收穫

對我們的建議:＿＿＿＿＿＿＿＿＿＿＿＿＿＿＿＿＿＿＿＿＿＿＿＿

＿＿＿＿＿＿＿＿＿＿＿＿＿＿＿＿＿＿＿＿＿＿＿＿＿＿＿＿＿＿＿＿＿

＿＿＿＿＿＿＿＿＿＿＿＿＿＿＿＿＿＿＿＿＿＿＿＿＿＿＿＿＿＿＿＿＿

＿＿＿＿＿＿＿＿＿＿＿＿＿＿＿＿＿＿＿＿＿＿＿＿＿＿＿＿＿＿＿＿＿

11466
台北市內湖區瑞光路 76 巷 65 號 1 樓

秀威資訊科技股份有限公司　　　收

BOD 數位出版事業部

....

（請沿線對折寄回，謝謝！）

姓　　名：_____　年齡：_____　性別：□女　□男

郵遞區號：□□□□□

地　　址：_____

聯絡電話：(日) _____　(夜) _____

E - m a i l：_____